UCHATOUT

LES NOUVELLES TRAGÉDIES DE PARIS

L'HOMME AUX MAINS POSTICHES

ROMAN DE MŒURS... LACHEES

AU FEUILLETON DE

M. XAVIER DE MONTÉPIN

PARIS

PALAIS-ROYAL, GALERIE D'ORLÉANS, 28

1875

LES NOUVELLES

TRAGÉDIES DE PARIS

2

TOUCHATOUT

LES NOUVELLES
TRAGÉDIES DE PARIS

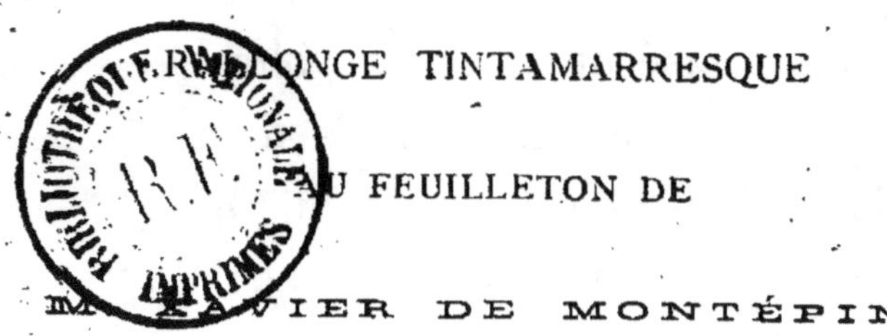

RALLONGE TINTAMARRESQUE

AU FEUILLETON DE

M. XAVIER DE MONTÉPIN

L'HOMME
AUX MAINS POSTICHES

ROMAN DE MŒURS... LACHÉES

PARIS
GHIO, ÉDITEUR
GALERIE D'ORLÉANS, 28, PALAIS-ROYAL

1875

PRÉFACE

—

Pendant huit mois consécutifs, notre voluptueux confrère M. Xavier de Montépin a tenu haletantes toutes les vieilles filles, passementières mûres, marchandes à la toilette, dames de compagnie du faubourg Saint-Germain, veuves de pédicures, cuisinières de maisons riches, femmes de commissaires-priseurs, maîtresses de piano sur le retour, clientes d'agences matrimoniales, etc., etc., etc., abonnées au *Figaro,* avec son remarquable feuilleton les *Tragédies de Paris,* dans lequel il avait enchevêtré tant d'intrigues qu'il fut un instant question de publier un guide spécial à l'usage des lecteurs engrenés dans ce dédale de viols, de meurtres, d'escroqueries et d'empoisonnements.

Un beau jour l'auteur lui-même, complétement embourbé dans son œuvre, dut télégraphier à son rédacteur en chef en ces termes :

« Montépin à Villemessant.

» Tout à fait embourbé dans mon roman. —
» Confonds mes personnages. — Ne sais plus
» qu'en ai fait. — Mêlé toutes mes intrigues. —
» M'y reconnais plus du tout. — Que faire ? »

A quoi le rédacteur en chef du *Figaro* répondit par ce télégramme :

« Dénouez comme pourrez. — Avez 125
» lignes pour terminer. »

L'auteur se conforma à ces sévères prescriptions, et son roman, coupé net au moment où rien n'en faisait prévoir la fin avant l'extinction du septennat, se termina brutalement par une belle matinée du printemps de 1875, au grand désespoir des vieilles femmes, qui s'y étaient habituées comme à leur café au lait.

Le *Tintamarre,* prenant en pitié d'aussi intéressantes souffrances, reprit immédiatement l'œuvre d'un confrère dans l'embarras, et publia la rallonge que l'on va lire.

Pris au dépourvu dans l'accomplissement de cette œuvre de charité, il réclame toute l'indulgence du lecteur.

LES NOUVELLES

TRAGÉDIES DE PARIS

—

L'HOMME AUX MAINS POSTICHES

—

CHAPITRE PREMIER

Une figure de connaissance.

Par une chaude journée d'août, un homme qui paraissait âgé de trente-cinq à trente-huit ans, se faisait annoncer au château de Chislehurst.

Cet homme avait les allures d'un parfait gentleman.

Seulement, un observateur attentif eût remarqué quelque gêne & quelque roideur dans le mouvement de ses deux bras.

Il demanda à parler à l'ex-Impératrice et donna sa carte au domestique, qui put lire ce nom imposant :

DUC JEHAN DE CROUPIGNAC.

On l'introduisit dans un grand salon d'attente où pendant dix minutes il se promena, les mains derrière le dos, en prononçant à voix basse le monologue suivant :

— C'est Jobin qui serait attrapé s'il me voyait ici... Il me croit si bien enterré!... Mais petit bonhomme vit encore... Voyons, cette fois, il s'agit de ne pas me faire pincer comme lundi dernier dans le feuilleton du *Figaro*... J'ai un plan très-bien ourdi qui doit réussir et me mener à la fortune. Récapitulons... Je me déguise en batelier & je m'arrange de façon à faire faire à Octave Gavard & à Dinah Bluet une promenade d'agrément sur la Seine... Je les noie tous les deux avant que Dinah ne soit accouchée... la mère Gavard hérite des fameux six millions... je vais la retrouver... je l'épouse le lundi, je l'étouffe le mardi & j'entre en possession des six millions. — Ensuite, déguisé en marchande de fleurs, je vais attendre San Remo et Germaine à la porte de l'église le jour de leur mariage, je leur offre un bouquet de violettes empoisonnées, ils meurent & je vais retrouver leur mère & belle-mère Mlle d'Auberive, mon ancienne maîtresse... Je me fais reconnaître, je l'épouse le jeudi, je l'étrangle le vendredi, ci... quinze millions, quinze & six vingt & un.

— Une fois en possession de cette somme présentable, je reviens à Chislehurst proposer à l'ex-Impératrice de mettre ce capital dans son entreprise. Elle accepte naturellement, et m'épouse par reconnaissance. L'empire est rétabli, je deviens régent, & je fais décorer de Villemessant... Tout cela est très-bien préparé...

A ce moment, on vint prévenir M. le duc Jehan de Croupignac que l'Impératrice allait le recevoir.

Nos lecteurs ont sans doute deviné que ce personnage n'était autre que le baron de Croix-Dieu, qu'ils avaient cru mort.

En effet, le baron avait passé pour tel après avoir donné dans sa prison tous les signes d'une attaque de tétanos après laquelle il était tombé raide & inanimé.

Mais ce n'était qu'une feinte.

Enseveli précipitamment & déposé dans une fosse du cimetière Montparnasse, il avait, la nuit, à l'aide d'une lime à ongles qu'il avait adroitement cachée dans sa bouche, coupé les planches de sa bière.

Il s'était enfui du côté de Clamart.

Nos lecteurs se souviennent que ce misérable avait été amputé des deux mains par suite de la double blessure que lui avait faite l'agent de police Jobin lors de son arrestation.

Le baron de Croix-Dieu utilisa cette double infirmité en mendiant pendant quelques semaines sur les routes.

Puis, quand il eut amassé une centaine de

francs, il alla se faire mettre deux mains mécaniques chez un fabricant de la rue Jacob.

Ainsi complété, l'assassin du baron Worms, du duc Aldéonoff & de la comtesse de Tréjan eut un mouvement d'orgueil sauvage à la pensée qu'il allait pouvoir reprendre sa tâche, un moment interrompue par l'immixtion de la police dans ses petites affaires.

Ce fut alors qu'il conçut l'infernal projet dont nous venons de lui entendre faire l'exposé dans un monologue chaleureux.

Nous verrons par la suite comment il exécuta ce plan gigantesque.

CHAPITRE II

Autre personnage que le lecteur retrouvera avec plaisir.

Comme le duc Jehan de Croupignac venait d'être introduit chez l'ex-Impératrice, les valets du château remarquèrent un homme d'assez mauvaise mine qui se promenait en mâchonnant un *infectados* de radical devant la grande grille du parc.

Cet homme était coiffé d'un ignoble chapeau mou et vêtu d'un paletot noisette au col crasseux.

Tout, dans cet être hideux & puant dénotait un lecteur zélé du *Rappel.*

En trottinant d'un pas impatient, l'homme à l'*infectados* maugréait des mots entrecoupés et semblait en proie à de méchantes pensées.

De temps à autre, il jetait un coup d'œil furtif sur la porte d'entrée du château, et murmurait :

— Il ne va donc pas sortir... Oh non! je ne me trompe pas... c'est bien lui!...

Il commençait à s'impatienter, quand, tout à coup, le duc de Croupignac parut.

Il avait l'air très-satisfait de sa visite & traversa la grande cour d'un pas dégagé, en allumant un superbe *splendidarès* d'au moins deux francs cinquante.

A sa vue, l'homme au paletot noisette s'était vivement rejeté derrière l'angle de la loge du concierge, et attendait, en dardant sur le duc son œil jaune de communard.

Allègre & fredonnant, le duc arriva tout près de lui.

Mais, au moment où il allait franchir la grille, il fut cloué sur place par une voix nasillarde et canaille, une voix de fédéré, qui lui disait en ricanant :

— Baron!... t'offrirai-je un verre de Johannisberg?...

Croix-Dieu se retourna, pâle comme un mort, et à la vue de cette tête immonde qui semblait émerger d'une tunique de garde national pendant le siége, s'écria convulsivement :

— Sarriol!...

— Moi-même, mon prince, répondit ce dernier.

Sarriol, car c'était lui, n'était point mort non plus des suites de son empoisonnement.

Après quelques vomissements salutaires qui avaient succédé à la crise, il s'était évadé de l'hospice, où on l'avait enfermé, et avait quitté Paris.

Tout en errant dans la banlieue, il avait gagné

quelques sous en renouvelant les abonnements au *Siècle* dans des estaminets interlopes.

Quand, un matin, il avait rencontré Croix-Dieu, mutilé, mendiant sur la route de Clamart.

Malgré le déguisement du baron, il avait bien cru le reconnaître & s'était mis à le filer énergiquement, pensant bien qu'un jour ou l'autre il y aurait quelque chose à faire avec lui pour la reconstitution de leur fortune à tous deux.

C'est ainsi qu'il avait vu Croix-Dieu entrer un jour chez le fabricant de mains mécaniques & se diriger ensuite vers le chemin de fer du Nord, après s'être fait habiller à neuf à la maison du Pont idem.

Sarriol avait pris le même train que Croix-Dieu, s'était embarqué sur le même paquebot et l'avait suivi jusqu'au château de Chislehurst.

Un instant interloqué par la brusque apparition de son ancien complice, de son ancienne victime, le baron avait vite repris tout son sang-froid.

Et quand celui-ci, gouailleur & menaçant, lui dit en lui retirant humblement son chapeau :

— Excusez du peu... mon prince... on donne dans le grand, à ce qu'il paraît !...

Il lui répondit à voix basse et en souriant.

— Tais toi... tu auras un ministère.

CHAPITRE III

Les Jaguars de la rue Maubuée.

Pendant que les événements que nous venons de raconter se passaient à Chislehurst, une scène étrange se déroulait dans un entre-sol sombre de la rue des Écluses-Saint-Martin.

Un homme maigre et pâle, au regard haineux, était accroupi, le brûle-gueule à la bouche, sur des petites boules creuses qu'il emplissait avec précaution d'une sorte de poussière noire disposée en tas sur un numéro du *Rappel*.

Quand il avait empli une quinzaine de boules, il les bouchait & allait les ranger avec soin sur les planches d'un placard.

Puis, il revenait se mettre à sa silencieuse besogne.

De temps à autre il se levait, prenait un crayon et venait examiner un grand plan de Paris qui était fixé à ses quatre coins sur le mur de la chambre à l'aide de quelques gouttes de suif.

Alors, il pinçait méchamment les lèvres & se mettait à cribler le plan d'une foule de petits chiffres différents.

Puis il se promenait dans la chambre en monologuant.

— C'est bien cela, disait-il, le *Figaro* quinze...

le Grand-Hôtel huit... la maison d'Arsène Houssaye onze... l'hôtel de la Monnaie dix-huit... on peut même aller jusqu'à vingt-quatre...

Et après avoir écrit ces chiffres sur des petits morceaux de papier séparés, il retournait à ses boules et se mettait à les remplir de poussière noire.

Cet homme étrange, c'était Grisolles, qui fabriquait des bombes Orsini!...

Le capitaine Grisolles, nous l'avons vu dans l'épilogue des *Tragédies de Paris,* s'était d'abord retiré des affaires avec une pension que lui avaient faite Octave Gavard & San Remo.

Mais cette tranquillité n'avait pas tardé à lui peser.

Très-lié avec quelques membres de la redoutable société secrète si universellement connue : *Les Jaguars de la rue Maubuée,* il n'avait pas tardé à s'associer à leurs criminels desseins.

Au moment où Grisolles bouchait sa cinquante-cinquième bombe, on frappa à la porte de sa chambre.

Il jeta rapidement une couverture sur son tas de poudre & alla ouvrir.

C'était le facteur du télégraphe qui lui remit une dépêche contenant ces simples mots :

« C'est pour demain à huit heures. Portez le
» plus secrètement possible trois cent douze
» bombes dans première avant-scène de gauche

» Théâtre-Français; grand personnage doit as-
» sister ce soir à représentation. »

— Enfin!... exclama Grisolles en jetant un regard vers l'image de Garibaldi, clouée au-dessus de la commode au moyen de quatre épingles, tu vas donc être vengé!...

CHAPITRE IV.

Convention entre honnêtes gredins.

Vingt-quatre heures après la visite de Croix-Dieu au château de Chislehurst & sa rencontre avec Sarriol, les deux complices, qui s'étaient complétement réconciliés — en apparence du moins — descendaient ensemble à la gare du Nord, du train de huit heures et demie, arrivant de Calais.

Croix-Dieu faisait mille amitiés à Sarriol. On s'était expliqué sur le passé pendant le trajet, et l'on avait arrêté les plans pour l'avenir.

Cependant, pour un observateur, cette bonne harmonie n'eût pas résisté à un bien long examen; car Croix-Dieu, tout en comblant Sarriol de mille prévenances, avait un mauvais sourire.

Les deux gredins descendirent, bras dessus bras dessous, la rue Lafayette. Ils cheminèrent jusqu'au nouvel Opéra, et prirent le grand boulevard, tout en devisant de leurs opérations projetées & des bénéfices qu'elles devaient leur procurer.

Cependant Sarriol, qui avait été pas mal échaudé dans les *Tragédies de Paris*, avait comme un peu de défiance.

— Duc Jehan de Croupignac, dit-il tout à coup à Croix-Dieu, tout cela est fort joli, mais les affaires sont les affaires. — Si nous passions un petit acte.

— Je ne demande pas mieux, répondit le duc. Entrons au café de la Paix.

— C'est bien mal fréquenté, dit Sarriol. Enfin... ça ne fait rien.

Ils entrèrent au café de la Paix & demandèrent deux grogs chauds, une plume, de l'encre et du papier.

Là, sous la dictée de Sarriol, le duc écrivit :

« Je m'engage, si la petite affaire concertée
» entre moi et mon ami Sarriol réussit, à faire
» ce dernier sénateur inamovible et à lui con-
» férer le monopole d'une nouvelle émission
» d'obligations mexicaines avec le titre de baron
» de Sarriollus. »

Ce petit arrangement terminé, les deux associés se séparèrent en se serrant la main et en se donnant rendez-vous pour le samedi suivant.

En partant, Croix-Dieu, de l'air le plus naturel du monde, dit à Sarriol en tirant de sa poche un riche porte-cigares brodé aux lettres N. E., surmontées d'un aigle :

— Veux-tu fumer un *épatados?*

— Volontiers, répondit Sarriol, en avançant sa main vers l'étui.

A ce moment, Croix-Dieu, à l'aide du pouce

de sa main mécanique, fit jouer un petit ressort sous le porte-cigares, les trois *prinçadorès* qui s'étalaient de front sur le maroquin rouge, basculèrent vivement et se trouvèrent remplacés par trois autres cigares d'apparence identique.

Aussi rapide qu'eût été ce truc, il n'échappa pas à Sarriol.

Cependant, il prit un cigare & l'alluma à celui que Croix-Dieu avait à la bouche.

Puis il prit de nouveau congé de son acolyte et disparut dans la rue Caumartin.

CHAPITRE V

Débuts brillants des mains postiches.

Resté seul, Croix-Dieu remit son porte-cigares dans sa poche & s'éloigna dans la direction du Vaudeville en murmurant :

— Pauvre Sarriol!... toujours aussi bête!... dans quinze minutes je n'aurai plus rien à craindre de lui.

Pour expliquer ces paroles menaçantes, disons tout de suite ce qui rassurait si complétement le duc de Croupignac.

En tournant sur elle-même, la petite bascule du porte-cigares avait démasqué trois faux havanes contenant chacun une torpille chargée de cent grammes de dynamite.

La chose était préparée de façon à ce que la torpille éclatât lorsque le cigare serait aux trois quarts consumé.

La dose était telle qu'il ne devait plus rester vestige du fumeur, réduit en poussière par l'explosion.

C'est ce qui explique la tranquillité de Croix-Dieu et son monologue, qui se termina par ces mots soulignés d'un frottement de mains satisfait :

— On ne retrouvera même pas le papier que je viens de lui signer.

Le duc de Croupignac longea les boulevards jusqu'au faubourg Saint-Martin, dans lequel il s'engagea vivement, non sans avoir opéré quelques changements dans sa tenue.

Il jeta son chapeau et sa canne dans une allée obscure, tira de sa poche un ignoble chapeau mou qu'il cabossa de son mieux avant de se le poser sur la tête, jeta un pardessus sur ses épaules sans enfiler les manches, ce qui est un nouveau signe de ralliement des communards, à ce qu'il paraît, se posa sous le nez une grosse moustache postiche rousse, et monta le faubourg d'un pas très-vif.

Arrivé à la rue des Écluses-Saint-Martin, il tourna à gauche, entra dans une des maisons obscures de cette rue, monta à l'entresol & frappa six petits coups, deux par deux, plus un septième plus fort & isolé.

C'était évidemment un signal.

Grisolles — car nous sommes chez Grisolles — ouvrit; mais avant de laisser entrer le nouveau venu, il lui dit durement :

— Frère!... le mot d'ordre!

— Strapontin et vengeance!... répondit Croix-Dieu.

— Très-bien!... Entre!...

Croix-Dieu, en montant le faubourg Saint-

Martin, ne s'était pas aperçu qu'il était suivi de très-près par un petit homme maigre qui ne perdait aucun de ses mouvements et avait monté silencieusement l'escalier derrière lui.

Au moment où Grisolles allait refermer la porte, il vit un genou qui avançait vivement dans l'entre-bâillement.

Puis une brusque poussée, venant du dehors, jeta à terre l'ancien officier d'ordonnance de Garibaldi, et deux hommes se précipitèrent dans la chambre.

Grisolles, en trébuchant, s'était écrié :

— Tonnerre de Caprera!... nous sommes trahis! les *Jaguars de la rue Maubuée* ont été vendus!...

A ces mots, le duc de Croupignac se retourna et se trouva face à face avec les deux hommes qui venaient de se précipiter sur ses pas.

— Jobin!... s'écria-t-il... Toujours Jobin!...

— Moi-même, Frédéric Muller, répondit l'un des deux hommes, et cette fois tu ne nous échapperas pas.

— C'est ce que nous allons voir, hurla Croix-Dieu!... et tirant rapidement de ses poches deux revolvers, il les braqua à la fois sur Jobin et ses agents.

Ces deux derniers sautèrent sur Croix-Dieu et lui saisirent chacun un poignet.

C'était là que le misérable les attendait. Imprimant soudain une violente secousse à ses deux bras, munis, comme on le sait, de mains artificielles, il sauta d'un bond par la fenêtre de la chambre, laissant un de ses poignets articulés dans chacune des mains des deux policiers ébahis.

Au moment où, revenus de leur stupeur, ils allaient s'élancer sur les traces de Croix-Dieu, ils tombèrent tous deux frappés d'une balle en pleine poitrine.

Croix-Dieu, avant de se séparer de ses mains mécaniques, avait fait jouer, pour chacune d'elles, avec son coude, le ressort des doigts qui devaient presser la détente des revolvers.

Ce mouvement, imprimé par le duc de Croupignac avant sa fuite, ne s'était transmis aux ressorts des phalanges postiches que quelques secondes après.

Et les deux agents tombèrent foudroyés par les revolvers que serraient dans leurs doigts crispés ces deux mains à 65 francs.

CHAPITRE VI

Un cigare à surprise.

On se souvient qu'en revenant de Chislehurst à Paris avec Sarriol, Croix-Dieu avait offert un cigare à ce dernier et que Sarriol l'avait allumé, non sans quelque défiance.

On a vu que ce cigare chargé de dynamite était destiné à délivrer Croix-Dieu de son trop tenace complice.

Le lendemain, en effet, Croix-Dieu était tranquillement assis sur le boulevard, à une table du café Riche, et lisait avec une joie visible le « fait divers » suivant dans les colonnes du *Figaro* :

« UN HOMME PULVÉRISÉ EN PLEIN BOULEVARD.
» — Hier soir, à l'angle du boulevard & de la
» rue de la Chaussée-d'Antin, un fait extraor-
» dinaire s'est produit et a jeté l'alarme dans ce
» quartier aristocratique.

» Un homme assez bien vêtu passait tran-
» quillement sur le trottoir en fumant un ma-
» gnifique *épatadorès,* quand tout à coup une
» détonation formidable se fit entendre sous son
» nez.

» Quand la fumée produite par l'explosion fut
» dissipée, un ouvreur de portières du Vaude-
» ville, qui attendait l'arrivée des voitures au

» théâtre et n'avait naturellement rien à faire, se
» précipita vers le promeneur pour lui demander
» s'il s'était fait mal.

» Mais la surprise de ce brave homme fut
» immense en s'apercevant que le fumeur avait
» complétement disparu.

» Comme personne ne l'avait vu partir, on
» fut convaincu qu'il avait été littéralement
» réduit en poudre impalpable par l'éclat du
» projectile contenu dans son cigare.

» Et lorsque les quarante-cinq reporters du
» *Figaro* arrivèrent en équipes serrées sur le
» lieu de l'accident pour y prendre des notes, il
» ne restait même plus trace de la fumée.

» On se perd en conjectures sur les causes de
» cet étrange événement.

» Malheureusement, la police est impuissante
» à les découvrir, puisqu'il n'est resté vestige ni
» du fumeur ni du cigare.

» Tout ce que l'on peut faire, c'est d'insinuer
» que les communards, réfugiés à Genève, n'y
» sont point étrangers.

» Quand nous avons quitté le lieu du sinistre,
» ce n'était qu'un cri parmi tous les boutiquiers
» du quartier, accourus sur leur porte :

» — Quel bonheur que cela soit arrivé au
» moment de l'ouverture du Vaudeville; au
» moins, il n'y avait personne sur le trottoir!... »

— Gaston Vassy.

On devine sans peine l'allégresse qui envahit le cœur de Croix-Dieu à la lecture de ce fait-divers.

Il posa avec un soupir de satisfaction ce journal sur la table en murmurant :

— Si Sarriol en revient cette fois-ci... c'est qu'il sera d'une bonne constitution.

Croix-Dieu avait tort de se réjouir si vite.

On va le voir.

CHAPITRE VII

Horribles perplexités de Croix-Dieu.

Au moment où Croix-Dieu achevait sa réflexion consolante, une immense clameur s'éleva autour de lui sur le boulevard.

Un monsieur qui était en train de se faire décrotter au coin de la rue Le Peletier venait de recevoir sur la tête un petit doigt humain qui semblait tomber de très-haut tant le choc avait été violent.

Au même instant, une dame qui se promenait au bras de son mari, en face la pâtisserie Jullien, recevait sur son manchon une dent d'homme encore garnie de sa gencive.

A trois pas, c'était un autre passant qui ramassait un nez aquilin, pendant qu'un voyageur monté sur l'impériale de l'omnibus de la Madeleine, voyait le journal qu'il était en train de lire troué sous ses yeux par la chute d'un pouce de doigt de pied garni de deux œils-de-perdrix.

Cette giboulée de débris humains causa naturellement une violente émotion.

Tout le monde, terrifié, affolé, courait en tous sens, ramassant sur la chaussée et sur les trottoirs un tas de petits morceaux de chair et d'os qui faisaient immédiatement l'objet de toutes les conversations.

Tout d'un coup un cri s'éleva, cri dix mille fois répété.

Un jeune homme, qui venait de recevoir sur l'épaule un doigt encore entouré d'un morceau de gant peau de chien, s'écria :

— Je le reconnais... c'est le gant de l'homme au cigare qui a éclaté hier soir près du Vaudeville.

Le mot passa de bouche en bouche, et arriva jusqu'à Croix-Dieu, qui eut un sourire amer et murmura entre deux gorgées d'absinthe :

— Pauvre Sarriol.

Tout à coup il se sentit violemment éclaboussé par quelque chose qui venait de tomber dans son verre.

Il regarda.

C'était un œil.

Il contempla d'abord cet œil en ricanant, puis il se pencha pour le regarder de plus près et devint pâle comme un mort.

L'œil était brun et Croix-Dieu se souvenait parfaitement que Sarriol avait les yeux bleu-clair.

Mais il retrouva vite sa présence d'esprit, prit l'œil, le fourra dans sa poche, paya le garçon et partit laissant le boulevard sens dessus dessous de cette surprenante aventure.

Tous les morceaux qui venaient de tomber provenaient effectivement du fumeur qui avait éclaté, la veille, devant le Vaudeville.

Mais ce fumeur n'était pas Sarriol.

Celui-ci, en quittant Croix-Dieu le soir où il avait accepté de lui le fameux *prinçadorès,* avait feint de prendre la rue Caumartin et était revenu sur le boulevard, en ayant soin de laisser s'éteindre le cigare dans lequel il flairait une nouvelle canaillerie de Croix-Dieu.

Nos lecteurs se souviennent qu'en prenant ce cigare dans l'étui du perfide duc de Croupignac, Sarriol avait remarqué le petit mouvement de bascule qui s'était produit dans le porte-cigares.

Il avait donc décidé qu'il ne le fumerait pas.

Avisant sur le trottoir un gros monsieur en train de humer un superbe havane, il s'était approché de lui en disant poliment :

— Voudriez-vous me donner un peu de feu, s'il vous plaît, monsieur?

Renouvelant alors une farce bien connue du titi parisien, il avait pris le londrès que lui présentait obligeamment le passant, et, après avoir allumé le sien, lui avait rendu ce dernier, conservant ainsi celui qu'il pouvait fumer sans danger.

L'événement prévu par Croix-Dieu n'avait pas tardé à se produire.

Quinze minutes après, le *prinçadorès* préparé

par lui avait éclaté entre ses lèvres de la façon que l'on sait et l'avait réduit en poussière, lui et le superbe dîner qu'il venait de consommer chez Bignon.

Croix-Dieu, en habile chimiste, avait fort bien calculé la dose de dynamite.

L'explosion avait été tellement violente que les morceaux du fumeur, sautant en l'air à une distance colossale, n'étaient retombés sur le boulevard que le lendemain, dans l'après-midi, et avaient produit cette effervescence que nous avons racontée plus haut.

Pendant que les reporters du *Figaro,* accourus en masses compactes sur le boulevard pour essayer de reconstituer, à l'aide des morceaux recueillis, un état civil présentable du fumeur dont tout Paris s'entretenait depuis la veille, Croix-Dieu rentrait chez lui inquiet & songeur, son œil dans la poche.

Arrivé dans sa chambre, il s'enferma soigneusement, reprit l'œil et se mit à l'examiner de nouveau.

Tout à coup, il tressaillit.

— Ce n'est pas l'œil de Sarriol, murmura-t-il; mais j'ai vu cet œil-là quelque part.

Il se rassura bientôt en se souvenant que c'était au fond d'un vase de nuit doré qu'il avait gagné un jour à une loterie de porcelaines de la foire, à Saint-Cloud.

— Mais alors, pensa-t-il, ce n'est donc pas Sarriol qui a sauté? Le misérable aura offert mon cigare à quelqu'un !

A ce moment, Croix-Dieu s'aperçut qu'il n'avait plus sa main droite.

Il se rappela que, dans son trouble, il l'avait reposée sur la table du café Riche avec le journal dans lequel il avait lu les détails de l'explosion de son *prinçadorès*.

En effet, la main du duc de Croupignac était restée à côté de son verre d'absinthe, tenant encore le manche en bois de la tringle dans laquelle était passé le *Figaro*.

Qu'avait fait de cette main le garçon de café en venant débarrasser la table après le départ de son client? Voilà la question que se posa anxieusement Croix-Dieu.

En attendant, il ouvrit un tiroir de sa commode, y prit une autre main artificielle (car il en avait quelques paires de rechange), et se la fixa au poignet.

Il allait sortir, quand son domestique le prévint qu'un monsieur désirait lui parler et lui remit une carte.

Croix-Dieu pâlit; il venait de lire sur cette carte :

PRINCE ALDÉONOFF

— Faites entrer! dit-il en essayant de maîtriser son émotion.

Et, à tout hasard, il planta un poignard affilé, la pointe en l'air, entre les élastiques d'un fauteuil moelleux qui était près de la cheminée.

CHAPITRE VII

L'homme à la tête à charnière.

Le prince Aldéonoff fut introduit et fit, en entrant, à Croix-Dieu, un profond salut à 45 degrés.

— Donc déjà!... dit-il en souriant, c'est moi, monsieur de Croix-Dieu!... Vous ne vous attendiez pas à me revoir, n'est-ce pas, après m'avoir pour ainsi dire, donc déjà, séparé la tête du tronc avec votre grand couteau...

— Le fait est, répondit le duc de Croupignac en affectant un calme que démentaient ses lèvres tremblantes, le fait est, prince, que je vous croyais bien mort.

On se rappelle, en effet, que, dans les *Tragédies de Paris,* Croix-Dieu avait porté au prince Aldéonoff un coup de couteau si furieux à la gorge qu'il l'avait presque guillotiné.

Quand on avait relevé le prince, sa tête ne tenait plus au corps que par quatre centimètres de peau derrière la nuque.

Mais grâce aux soins du docteur Fauvel, mandé à la hâte, l'horrible blessure s'était cicatrisée et le prince avait été remis sur pied en deux mois.

Seulement, il avait été impossible de recoller la tête. Elle restait fixée au tronc par le lambeau d'épiderme non tranché qui avait fini par former une espèce de charnière, ce qui permettait au prince, très-bien portant d'ailleurs, de se la rejeter dans le dos quand il voulait.

Naturellement, cette tête ne lui était plus d'aucun secours et ne lui servait que comme ornement.

Pour prendre ses repas, il lançait sa tête en arrière, s'introduisait ses aliments par le trou béant que l'horrible coup de couteau de Croix-Dieu lui avait fait au cou.

Et son déjeuner fini, il replaçait sur ses épaules sa tête, qui n'était plus qu'un vulgaire couvercle, allumait un cigare et sortait se promener sur le boulevard.

Personne n'y voyait rien.

Ce détail échappa naturellement à Croix-Dieu.

— Donc déjà!... reprit le prince Aldéonoff en s'adressant à Croix-Dieu, vous avez voulu me tuer, vous m'en rendrez raison.

Croix-Dieu vit dans le regard sardonique mais implacable de sa victime qu'il n'avait rien à espérer.

Il résolut d'en finir sans retard.

— Volontiers, prince!... Je ne puis vous refuser cette satisfaction, dit-il en souriant; mais prenez donc la peine de vous asseoir.

Et, en disant ces mots, il avança vers Aldéonoff le fauteuil homicide qu'il avait truqué trois minutes avant.

Le prince salua et s'assit.

Mais tout d'un coup il bondit!...

Il venait de s'enfoncer la lame du stylet dans des profondeurs jusque-là inexplorées.

— Misérable!... hurla-t-il, le nom de ton tapissier ou je te tue!...

Et il bondit vers Croix-Dieu.

Plus prompt que l'éclair, Croix-Dieu saisit un revolver sur la cheminée, ajusta le prince en pleine figure et fit feu!...

Mais Aldéonoff avait eu le temps de parer le coup en se donnant en plein front un grand coup de poing qui avait envoyé sa tête derrière son dos.

La fumée dissipée, Croix-Dieu, voyant le prince sans tête, crut que la balle l'avait emportée, reprit à la hâte son chapeau, ses gants et sa canne, et sortit en murmurant :

— Encore un qui ne me gênera plus.

Quand il fut parti, le prince Aldéonoff passa ses deux mains derrière son cou, ramena sa tête à sa place, sortit à son tour et se mit à la poursuite de Croix-Dieu.

CHAPITRE VIII

Un drame au fond du lac d'Enghien.

Quinze jours après les événements que nous venons de raconter, une foule de Parisiens de high life avaient pris le chemin de fer du Nord pour se rendre à Enghien.

Le temps était superbe et il y avait une charmante fête dans cette élégante localité.

C'était le célèbre rédacteur en chef du *Figaro* qui avait offert cette réjouissance au pays pour fêter la réhabilitation de ses nombreuses faillites des mauvais jours.

Le tout Paris élégant s'était donné rendez-vous à cette fête.

Vers huit heures on vit sortir d'un des meilleurs restaurants de l'endroit, un jeune couple charmant qui semblait heureux de vivre.

Le jeune homme souriait à sa compagne, et, mâchonnant un cure-dents, lui disait tendrement :

— Chère Dinah!... tu n'es pas fatiguée au moins?...

— Non, mon ami, répondait la jeune femme, l'air me fait même du bien.

— C'est égal... elle a un rude cachet, la petite fête au papa 2900!...

— Oh!... Octave!... quelles expressions!... Tu oublies que nous sommes maintenant des gens sérieux!... Tu sais bien que M. Montépin nous a mariés dans son épilogue!

— C'est vrai, cher ange!... Mais tu parais souffrir; veux-tu que nous prenions une voiture?

— Non, mon ami, c'est inutile; j'irai très-bien à pied jusqu'au lac.

En effet, la jeune femme semblait fatiguée. Une sage-femme un peu expérimentée eût pu deviner qu'elle était enceinte de huit ou dix mois.

Octave Gavard & sa femme, — car nos lecteurs ont reconnu le jeune crevé & Dinah Bluet, — arrivèrent au bord du lac.

Au même moment, un batelier qui s'était tenu là pendant toute l'après-midi s'avança vers eux, et, s'adressant à Octave, lui dit avec empressement :

— Une promenade en bateau, mon ambassadeur?

Dinah s'écria follement, en serrant le bras de son mari :

— Oh! oui... Octave!... veux-tu?

— Je veux bien, cher ange... mais tu ne crains pas que... dans ta position... la fraîcheur...

— Non, non, allons, reprit la jeune femme en sautant dans la barque.

Qui eût à ce moment observé la physionomie du batelier y eût remarqué un sourire étrange.

Il prit les rames, mit le bateau au large et eût bientôt gagné le milieu du lac.

Le jour commençait à baisser.

Tout à coup Octave & Dinah sentirent la barque pencher fortement. La casquette du batelier venait de tomber à l'eau, et celui-ci se penchait en dehors comme pour la rattraper.

— Dites donc... eh! l'homme... s'écria Octave en riant, vous allez nous chavirer... Ça manque de cachet...

Mais la phrase n'était pas achevée que le batelier, imprimant au bateau un mouvement brusque, le renversa sens dessus dessous.

Tous trois tombèrent à l'eau, et en moins de deux secondes furent au fond du lac.

Le batelier plongeait admirablement.

Il se précipita d'abord sur Octave, le maintint au fond de l'eau en lui mettant un genou sur l'estomac, et lui attacha solidement les jambes avec des herbes.

Puis il remonta une seconde à la surface pour respirer.

Replongeant alors de nouveau, il se mit à la recherche de Dinah, qu'il garotta aisément de la même façon.

Sûr alors d'avoir accompli son œuvre, Croix-Dieu — car le batelier n'était autre que Croix-

Dieu — nagea pendant quelques instants entre deux eaux et alla aborder sur la rive opposée.

Quoique cette terrible scène se fût accomplie en moins de temps qu'il ne nous en a fallu pour la raconter, le court séjour que Croix-Dieu avait fait dans l'eau avait suffi pour lui enlever son maquillage.

Et au moment où il attachait Dinah & Octave au fond du lac, ceux-ci avaient reconnu l'assassin d'Aldéonoff et deviné les projets odieux du misérable.

Tout à coup, Dinah se sentit prise par de violentes douleurs.

L'émotion, la terreur avaient avancé pour elle un événement — très-proche d'ailleurs.

Et elle mit au monde un superbe bébé.

Alors, quoique au fond de l'eau, l'amour maternel s'éveilla chez Dinah dans toute sa violence et un éclair de vengeance brilla dans son œil humide.

Nous l'avons dit : Croix-Dieu n'avait attaché Dinah que par les jambes. Les bras étaien libres.

D'une main elle saisit son cher enfant, et de l'autre, avec une épingle à cheveux, lui grava sur l'épaule ces mots :

« Je meurs assassinée par Croix-Dieu. Cet enfant est mon fils : DINAH GAVARD. »

Puis elle passa à Octave, toujours étendu sur le dos, l'enfant & l'épingle à cheveux.

Octave comprit et écrivit au-dessous :

« C'est vrai : OCTAVE GAVARD. »

Alors ils donnèrent un dernier baiser à l'enfant et le lâchèrent.

Le bébé remonta à la surface.

Dix minutes après, un pêcheur à la ligne bredouille, qui se préparait à plier bagage, fut surpris de voir quelque chose de volumineux flotter devant lui.

Avec une épuisette il attira ce quelque chose et le retira de l'eau.

C'était un enfant... un enfant vivant!...

Il allait le rejeter dans le gouffre comme bouche inutile, quand il s'aperçut que le bébé avait sur l'épaule des marques rouges qui ressemblaient à de l'écriture.

Il regarda attentivement ces signes et lut les deux phrases que nous avons reproduites plus haut.

Les traits du pêcheur à la ligne s'illuminèrent rapidement. Sa lèvre eut une contraction méphistophélique, et il murmura en mettant soigneusement l'enfant dans son filet veuf de goujons :

— Pour une friture de choix... ça peut s'appeler une friture de choix... A nous deux, Croix-

Dieu, duc de Croupignac... En voilà un barbillon que tu me paieras un jour plus de trente sous la livre!...

Ce pêcheur à la ligne, c'était Sarriol.

Parbleu!... qui ça pouvait-il être!...

CHAPITRE IX

Préparatifs de coup d'Etat.

Après avoir noyé dans le lac d'Enghien Octave Gavard & sa femme, Croix-Dieu rentra chez lui l'âme sereine & revêtit un costume élégant.

Une demi-heure après, il se faisait annoncer chez Mme Gavard mère, sous le nom de duc Jehan de Croupignac.

A peine introduit chez la jolie veuve, il jeta sur le lit sa fausse barbe & sa perruque, et se fit reconnaître.

— Est-il possible!... Croix-Dieu!... s'écria Mme Gavard.

— Moi-même, cher ange!...

Et en quelques mots, il la mit au courant de la situation.

Enchantée d'une combinaison si ingénieuse qui allait la faire enfin rentrer dans les six millions dont avait hérité son fils, Mme Gavard n'opposa aucune résistance aux projets de son ancien adorateur.

Leur mariage fut conclu séance tenante, et le duc de Croupignac, après avoir rajusté ses postiches, sortit pour aller faire publier les bans.

Tout semblait donc marcher au gré du misérable ; ses vastes plans s'exécutaient de nouveau avec une précision à rendre vingt-cinq minutes par demi-heure à la meilleure montre à remontoir de *Paris-Journal*.

Le meurtre d'Octave et de Dinah lui assurait, par son prochain mariage avec Mme veuve Gavard, les six millions qui avaient failli lui échapper.

Il ne lui restait plus qu'à se débarrasser de Germaine et de San-Remo et à épouser, à son tour, Mlle d'Auberive pour encaisser les dix ou douze millions du vicomte de Granlieu.

Ce n'était plus pour Croix-Dieu qu'un jeu d'enfant.

Aussi, le cœur allégé, en sortant de chez Mme Gavard, il entra au bureau télégraphique du boulevard Saint-Denis et rédigea la dépêche suivante :

« A ex-impératrice, Chislehurst,

» Tout va bien — rentrée fonds prochaine —
» faites patienter rédacteurs journaux pour ap-
» pointements échus & gratifications de duels. —
» Pourrons tenter grand coup 15 août pro-
» chain. — Expédiez vite faux cheveux que ser-
» vez pas, vendrai ici pour faire face frais
» urgents.

» DUC DE CROUPIGNAC. »

En sortant du bureau télégraphique, Croix-Dieu se dirigea vers la mairie du deuxième arrondissement, comme il le faisait, d'ailleurs, chaque matin, et s'arrêta devant le tableau des publications de mariage qu'il examina avec attention.

Tout à coup ses traits s'épanouirent et il murmura avec une joie mal contenue :

— Ah ! enfin !...

Il venait de lire sur le tableau les deux noms suivants écrits l'un à côté de l'autre :

« M. de San Remo & Mme Germaine, veuve de Granlieu. »

Plus de doute !... cet hymen tant désiré et sur lequel reposaient les plus chères espérances de Croix-Dieu était donc enfin décidé.

Il s'informa du jour fixé pour le mariage et apprit que la cérémonie se ferait le samedi suivant, à onze heures.

Croix-Dieu rentra chez lui fort joyeux. En arrivant, il trouva sur sa table de nuit le télégramme suivant :

« Duc de Croupignac, Paris,

» Hâtez dénouement, fonds baissent — photographies de Louis coûté prix fou & pas fait profit — envoie caisse chignons, vendez au mieux & tentez vite coup décisif — plus que

» 115 francs tiroir commode — très-ennuyée
» Fentâfontagnac m'écrit que veut plus se battre
» crédit, désolée, Louis rentre, 34e orthographe.

» EUGÉNIE. »

Cette dépêche, quoique légèrement alarmante, ne parut pas inquiéter Croix-Dieu.

Il était en bonne veine & ne doutait pas le moins du monde du succès de ses projets.

———

CHAPITRE X

Jobin croit triompher.

Le samedi suivant, ainsi d'ailleurs que cela avait été annoncé à Croix-Dieu, San Remo et Germaine de Granlieu arrivaient à onze heures précises, suivis de leurs témoins & amis, à la mairie du premier arrondissement pour y contracter leur union.

Ils étaient sur le point d'entrer dans la grande salle où l'on attendait monsieur le maire, lorsqu'une marchande de fleurs s'approcha du futur et lui présenta un superbe bouquet de violettes, sur lequel se détachaient en lilas blanc les lettres G. S. entrelacées.

Germaine poussa un petit cri de surprise en voyant ce bouquet évidemment préparé à son intention.

— D'où savez-vous nos noms, bonne vieille ? dit doucement San Remo à la bouquetière.

— Oh ! mon bon monsieur, reprit celle-ci d'un ton chevrottant, on n'oublie pas le nom de ses bienfaiteurs... je suis l'ancienne concierge de la maison du quartier de la Madeleine où, du temps du premier mari de madame, elle venait souvent avec vous lui broder en cachette des calottes en tapisserie...

— Assez !... dit San Remo, pendant que Germaine rougissait un peu. Tenez, voici vingt francs.

Et il prit le superbe bouquet qu'il remit à sa future femme.

Germaine respira ces fleurs, et, les tendant à San Remo, lui dit :

— Sentez donc... quel parfum...

Tout à coup, ils tombèrent tous deux inanimés sur le parquet.

On s'empressa autour des jeunes gens. Ils avaient cessé de vivre.

On courut chez le médecin & chez le commissaire de police, qui arrivèrent en même temps.

Le commissaire était accompagné d'un de ses agents, petit homme malingre & crasseux, qui examinait cette scène avec des airs capables.

Pendant que l'homme de science constatait le double décès, le petit homme jaunâtre qui s'était fait raconter l'événement par les témoins, avisa le bouquet de violettes gisant à terre et demanda :

— Qui a vendu ces fleurs ?...

— La grosse mère qui s'en va là-bas dans la cour, répondit quelqu'un.

— Qu'on l'arrête à l'instant, reprit Jobin.

Sapristi !... nous ne voulions pas dire tout de suite que c'était Jobin ; mais enfin, puisque ça y est !...

Deux agents se précipitèrent dans l'escalier,

qu'ils descendirent quatre à quatre et rejoignirent la bouquetière au moment où elle allait sortir de la cour de la mairie.

Jobin les suivait de l'œil par la fenêtre du premier étage.

— Hé, la femme!... dirent les deux agents lorsqu'ils furent arrivés près de la marchande de fleurs, il faut nous suivre.

— Vous suivre, mes bons messieurs, répondit la bouquetière d'un air très-surpris, et où çà, mon doux Jésus?...

— Chez le commissaire de police, qui a besoin d'examiner un peu votre marchandise, à ce qu'il paraît.

A ces mots, la marchande de violettes perdit visiblement contenance.

Jetant vivement à ses pieds son éventaire encore chargé de fleurs, elle se prépara à fuir.

Mais les deux agents lui barrèrent la route.

Alors se voyant prise, la bouquetière opposa la plus violente résistance.

Avec une vigueur que les agents n'eussent pu supposer, elle leur détacha par douzaines les coups de pied et les coups de poing les plus furieux.

Ils virent le moment où elle allait leur échapper.

Jobin qui, de l'intérieur de la mairie, examinait cette scène, leur cria :

— Mettez-lui les menottes.

Les deux agents obéirent et parvinrent, mais non sans peine, à attacher les deux poignets de la furibonde Isabelle.

Mais tout à coup, quelle ne fut pas leur surprise quand ils virent ces deux poignets leur rester dans les mains & la bouquetière s'échapper en bondissant :

Rendus au sentiment du devoir, ils s'élancèrent à sa poursuite ; mais ce fut en vain.

En tournant l'angle de la porte cochère, la marchande de fleurs, avec une présence d'esprit admirable, avait avisé un magasin de caoutchouc dont le vestibule était garni de deux mannequins habillés.

L'un de ces mannequins recouvert d'étoffes imperméables était placé sous un appareil hydrothérapique en fonction, pour bien démontrer aux passants qu'à l'aide des vêtements vendus par la maison, on pouvait impunément braver les plus rudes averses.

La bouquetière n'avait pas perdu une seconde. Profitant du trouble qui avait cloué les deux agents sur place, elle s'était à la hâte affublée du manteau & de la coiffe en caoutchouc qui recouvraient le mannequin et s'était résolûment placée sous la douche.

Puis avisant sur le trottoir un trou d'égout béant et dont les égoutiers venaient d'enlever la plaque pour y descendre leur échelle, elle envoya le mannequin à la volée dans cette ouverture ; et reprenant aussitôt sa position sous la douche, elle garda une immobilité d'académicien.

Juste au moment où le mannequin disparaissait dans l'orifice, les deux agents arrivaient en courant, suivis de Jobin, qui était descendu à la hâte en voyant la bouquetière s'enfuir.

Tous trois ne doutèrent pas un seul instant que ce ne fût elle qui se précipitât dans l'égout pour leur échapper.

Jobin ne s'alarma pas.

Il fit porter par l'un des agents la dépêche suivante au plus prochain bureau :

« Commissaire police Asnières.

» Faites garder issue grand égout, jusqu'à » nouvel avis; traquons dedans malfaiteur.

» JOBIN. »

Pendant que le premier agent était allé au télégraphe, Jobin aperçut, suspendu à la poignée du sabre-baïonnette de son camarade qui était resté à garder le trou de l'égout, un objet étrange.

— Qu'est-ce que vous avez donc là, lui dit-il ?

— Ça, reprit l'agent, c'est les deux poignets que la particulière nous a laissés dans les mains en *s'ensauvant.*

— Tonnerre !... exclama Jobin en saisissant les deux mains attachées que l'agent lui présentait, c'est bien la même pointure... Ah! cette fois Loc-Earn, Frédéric, Muller, Croix-Dieu, duc de Croupignac!... je crois que je te tiens bien.

Et, après avoir tiré de sa poche un revolver, il descendit résolument dans l'égout, suivi de l'agent.

Au moment où tous deux disparaissaient dans les profondeurs sombres & sous-asphaltines, un éternuement ironique partait de dessous l'appareil hydrothérapique du magasin de caoutchouc.

C'était Croix-Dieu qui ressentait en même temps que les premiers frissons de la délivrance les premières atteintes d'un fort rhume de cerveau.

Comme il faisait encore grand jour, Croix-Dieu ne pouvait, sans danger, quitter son asile humide.

Il résolut pourtant d'essayer de le rendre moins malsain & d'arrêter la pluie qui lui tombait sur la tête.

Il glissa sa main avec précaution jusqu'au bouton de l'appareil & le tourna.

La douche s'arrêta.

Mais, au bout de dix minutes, le patron de l'établissement s'en aperçut, et, croyant que c'étaient des gamins qui lui avaient joué ce tour en passant, sortit lui-même & rouvrit le robinet.

De cinq à huit heures, Croix-Dieu ferma le ressort onze fois, et onze fois le marchand de caoutchouc vint le rouvrir.

Ce dernier était de fort mauvaise humeur et répétait à chaque épreuve :

— Ces maudits marmots n'en font jamais d'autres !... le premier que j'attrape à venir toucher à l'appareil... je lui enlève le ballon, et serré !...

Et alors Croix-Dieu vit le patron de l'établissement se blottir près de la porte, derrière le rideau, ne quittant pas des yeux l'appareil et guettant la venue du premier moutard qui viendrait y porter une main criminelle.

Impossible de bouger.

Vers les huit heures et demie, la nuit commençait à baisser.

Croix-Dieu, qui gelait littéralement, résolut d'en finir par un coup d'audace.

Le marchand était toujours derrière son rideau.

Croix-Dieu, d'un geste brusque, arrêta le ressort de la douche.

Et au moment où le fabricant de caoutchouc sortait vivement de sa cachette pour venir voir qui avait tourné le bouton, Croix-Dieu lui éternua en pleine figure.

Atterré de voir éternuer son mannequin, le marchand rentra chez lui pâle comme un mort, appelant au secours.

Et avant qu'il n'eût repris ses sens, Croix-Dieu s'échappait à la faveur des ténèbres croissantes et sautait dans l'omnibus de Grenelle.

Pendant ce temps, le véritable mannequin jeté dans l'égout par Croix-Dieu avait suivi le courant et était arrivé à Asnières, où le commissaire de police, prévenu par la dépêche de Jobin, avait fait poser une sentinelle.

Le mannequin, couvert de boue, était méconnaissable.

Jobin, lui aussi, arriva à Asnières après avoir fouillé tout le grand collecteur.

Le commissaire lui apprit alors que le malfaiteur qu'il poursuivait avait été repêché mort dans l'égout.

Jobin fut très-content d'être délivré de ce redoutable assassin.

Et le lendemain on enterrait, dans la fosse commune du cimetière d'Asnières, le mannequin du marchand de caoutchouc, sous le nom de baron Croix-Dieu.

CHAPITRE XI

A son tour Croix-Dieu se croit vainqueur.

Nous avons vu comment l'infâme Croix-Dieu avait encore une fois échappé aux poursuites de Jobin, à la suite du double meurtre de San-Remo & de Germaine de Granlieu.

Après ce nouvel assassinat, Croix-Dieu rentra chez lui changer de toilette, revêtit un costume noir & de bon goût et se rendit à l'hôtel de Mlle d'Auberive, qui venait d'apprendre l'horrible mort de son fils & de celle qui avait été sur le point de devenir sa bru.

Croix-Dieu se fit annoncer sous le nom de comte de Verpigny & fut aussitôt introduit auprès de celle qu'il avait séduite vingt-quatre années auparavant.

L'entrevue fut courte & concluante.

Après avoir répandu des larmes feintes avec une habileté de véritable comédien, Croix-Dieu enleva tout d'un coup ses favoris blonds, et rejeta en arrière les boucles de cheveux qu'il avait ramenées sur ses tempes.

Cette simple transformation fut un coup de foudre pour Mlle d'Auberive, qui s'écria :

— Loc-Earn !...

— Lui-même!... répondit Croix-Dieu en se précipitant aux pieds de Mlle d'Auberive, lui-même... repentant de vous avoir indignement trompée... et qui vient vous offrir de réparer son crime... lui-même qui vous offre son nom et veut ainsi légitimer la naissance du pauvre enfant que nous avons perdu !...

Mlle d'Auberive, atterrée, n'opposa pas une longue résistance.

Et Croix-Dieu sortit bientôt de chez elle, comme il était sorti l'avant-veille de chez Mme Gavard, en emportant ces précieuses paroles de sa deuxième fiancée :

— Eh bien ! soit .. allez faire publier les bans !...

CHAPITRE XII

Préparatifs du mariage.

Tout allait donc pour le mieux.

Croix-Dieu touchait pour ainsi dire aux millions tant convoités de feu Gavard & de Mlle d'Auberive.

Encore un effort & son formidable plan allait être réalisé de point en point.

Ce qui lui restait à exécuter cependant exigeait beaucoup d'adresse & de présence d'esprit.

Il lui fallait épouser, et cela dans le plus court espace de temps possible, deux femmes riches, se faire signer une donation en règle par chacune, et les supprimer ensuite toutes deux sans éveiller l'attention de la police déjà très-attentive en la personne de Jobin.

Tout cela, quoique difficile, n'était pas chose à faire reculer un homme de cette trempe.

Il résolut d'affronter la situation & de la dénouer par un coup d'audace brusque et rapide.

A cet effet, il se rendit à la mairie du deuxième arrondissement & fit publier les bans de ses deux mariages pour le même jour, à la même heure.

C'était hardi!...

Comment ferait-il pour épouser deux femmes à la fois, sans que l'une des deux au moins s'aperçût de la chose?...

Cela n'embarrassait pas le moins du monde notre héros.

Nous verrons bientôt s'il avait trop présumé de ses forces & de son habileté.

Le lendemain, les passants pouvaient lire dans le cadre spécial affiché à la porte de la mairie du deuxième arrondissement l'annonce des mariages suivants :

« M. le duc Jehan de Croupignac & Madame veuve Gavard.

« M. le comte de Verpigny & Mlle Henriette d'Auberive. »

Immédiatement le *Figaro,* dans ses *Echos de Paris,* parla longuement de ces deux alliances, et le reporter, pour se donner les airs d'être reçu dans le grand monde, se répandit en détails excessivement curieux sur l'antique famille des Croupignac & celle des Verpigny « *deux des plus beaux noms de France* » (cliché).

Enfin le jour de la célébration arriva.

C'était le 12 août 187...

Les deux fiancées & leurs invités furent exacts au rendez-vous.

Toutes deux étaient vêtues de noir et avaient cette attitude réservée & triste qui convenait à leur situation de mère inconsolable & de future mûre.

D'après l'ordre indiqué, le mariage de Madame Gavard devait être célébré le premier.

A onze heures précises, Croix-Dieu, rayonnant & en grande toilette, descendit d'un élégant coupé noir à la porte de la mairie.

Il se rendit précipitamment à la salle des mariages, et, après s'être excusé d'être un peu en retard, prit la main de Mme Gavard & la conduisit devant M. le maire, qui prononça la formule sacramentelle après les cérémonies d'usage.

A onze heures dix minutes, cette première cérémonie était terminée, et Croix-Dieu, après avoir remercié ses invités, prit place dans un coupé à côté de sa nouvelle épouse rougissante d'émoi :

Puis il dit au cocher :

— John !... au bois de Boulogne, et ensuite chez madame la duchesse !...

Mme Gavard se tenait toujours la tête baissée. Elle remarquait que son mari tenait une de ses mains dans la sienne & la pressait très-ardemment. Cela l'embarrassait ; elle n'osait lever les yeux & attendait.

Mais ce qu'elle ne put voir, c'est qu'après avoir donné l'ordre au cocher de partir, Croix-Dieu s'était doucement éclipsé en laissant sa main droite dans celle de la nouvelle duchesse.

John partit au galop, et, pendant que la veuve Gavard, présentement duchesse de Croupignac, roulait vers l'avenue de l'Impératrice, la main dans la main de son nouvel époux, croyant avoir celui-ci à ses côtés, et attendant toujours qu'il lui adressât quelque parole tendre, Croix-Dieu, se débarrassant rapidement de ses favoris, remontait vivement l'escalier de la mairie en se rajustant une nouvelle main postiche qu'il avait tirée de sa poche, et se présentait galamment à Mlle d'Auberive qui l'attendait avec ses témoins.

On passa dans la même salle des mariages, où le même maire consacra, au moyen de la même formule, l'hymen de Mlle d'Auberive et du prétendu comte de Verpigny.

Cette seconde cérémonie terminée, Croix-Dieu reconduisit à sa voiture sa nouvelle épouse, prit place à ses côtés, lui serra tendrement la main, et, pendant qu'elle baissait les yeux (tic des mariées de tout âge), il s'éclipsa en lui mettant sa main articulée dans la main, après avoir dit au cocher :

— Firmin !... au bois de Vincennes et ensuite chez madame la comtesse.

Mlle d'Auberive, tressaillant au contact de cette main qui lui rappelait de si tendres souvenirs, la serrait elle-même de toutes ses forces et n'osait lever les yeux, attendant que son nouvel époux rompît le silence et lui dît des choses gentilles.

Pendant ce temps, Croix-Dieu, lui, continuait son rôle de mari double avec une remarquable énergie.

Se rendant en toute hâte à l'hôtel de Madame Gavard, il attendit le retour de la voiture qui revenait du bois de Boulogne, ramenant son n° 1 qui baissait toujours les yeux, la main mécanique de son mari dans la main, et attendant toujours, mais en vain, qu'il lui donnât une autre preuve d'amour.

Quand la voiture se fut arrêtée devant la porte, il se précipita à la portière, l'ouvrit, s'assit rapidement & sans secousse à côté de sa femme.

Et remmanchant son moignon dans la main que celle-ci avait constamment gardée entre les doigts, il lui dit avec douceur :

— Chère amie... nous voici arrivés chez vous... Pardonnez-moi de n'avoir pu vous adresser un mot pendant notre promenade au bois ; mais je suis si heureux & si ému, que cela m'ôte la parole... Je me rattraperai, soyez-en sûre... Je cours chez moi réparer ma toilette ; dans une demi-heure, j'aurai le plaisir de venir vous reprendre pour le dîner.

La nouvelle duchesse de Croupignac se dit en rentrant chez elle :

— Comme il m'aime!...

Sans perdre une minute, Croix-Dieu se rendit devant la porte de Mlle d'Auberive, son n° 2, qui, elle aussi, avait pressé pendant tout le temps de sa promenade au bois de Vincennes la main à 65 francs de son second époux, mettant sur le compte d'un amour profond le silence obstiné que celui-ci gardait à ses côtés.

Quand la voiture de la nouvelle comtesse de Verpigny s'arrêta devant la porte, Croix-Dieu se glissa doucement à côté de sa femme et remmanchant son moignon dans la main postiche qu'elle tenait avec ivresse entre ses doigts tremblants, il lui dit d'un ton suave :

— Cher ange! Nous voici arrivés... Pardonnez-moi le silence que j'ai gardé pendant cette délicieuse promenade et n'accusez que mon émotion... Je cours changer de faux-col... dans une demi-heure je reviendrai vous chercher pour le dîner.

CHAPITRE XIII

Le Bal.

Croix-Dieu était littéralement exténué.

Les fatigues d'une demi-journée si bien remplie l'avaient rompu.

Mais ce qui lui restait à faire était bien autrement colossal.

Et il se raidit contre l'engourdissement qui l'envahissait.

Il avait commandé chez Lemardelay les deux repas de noces. L'un pour six heures, l'autre pour six heures un quart.

Sur sa demande, les deux salles destinées à ces repas avaient été choisies sur le même carré et n'étaient séparées que par un couloir.

Cela devait lui permettre de se transporter rapidement de l'une dans l'autre.

Il fallait absolument qu'il figurât aux deux dîners et aux deux bals qui suivraient.

A six heures moins un quart, il alla prendre chez elle Mme Gavard, son n° 1, et l'amena en voiture chez l'aristocratique restaurateur.

Puis s'esquivant sous un prétexte quelconque, il sauta dans un remise et alla chercher Mademoiselle d'Auberive, son n° 2, qu'il conduisit également chez Lemardelay.

Les deux noces se mirent à table à un quart d'heure d'intervalle.

A ce moment, commença pour Croix-Dieu une des plus redoutables épreuves de la journée.

A six heures précises, il avalait un potage à la bisque vis-à-vis de Mme Gavard, son n° 1.

Puis, prétextant un ordre à donner, il sortait de table, traversait le couloir, changeait de perruque pendant le trajet, et allait absorber une julienne en face de Mlle d'Auberive, son n° 2.

Revenant alors au salon Gavard, il prenait de nouveau place à table, mangeait des hors-d'œuvre, une barbue hollandaise, un filet de chevreuil, une aile de poulet.

Et, retournant au salon d'Auberive, remangeait des hors-d'œuvre, une barbue hollandaise, un filet de chevreuil & une aile de poulet.

Pendant deux heures consécutives, il accomplit héroïquement ce trajet, passant avec une énergie inouïe de la galantine de volailles Gavard à la galantine de volailles d'Auberive, du macaroni d'Auberive au macaroni Gavard, et ainsi de suite, depuis le premier service jusqu'aux liqueurs, frisant tous les quarts d'heure le coup de sang & l'indigestion.

Vers huit heures trente-cinq minutes, il faillit se trahir & tout compromettre.

Voilà ce qui était arrivé :

On en était au faisan flanqué de perdreaux dans le salon Gavard.

Croix-Dieu, en attaquant furieusement une aile de perdreau, se décrocha une dent fausse, qui resta fichée dans la chair de la volaille.

La douleur que cet accident lui avait causé l'empêcha de continuer à manger.

Le garçon de service enleva son assiette.

Deux minutes après, Croix-Dieu, s'absentant pour aller soi-disant voir si les musiciens étaient arrivés pour le bal, alla, pour la quinzième fois, prendre sa place à la table d'Auberive.

Au moment où il s'asseyait, le domestique plaçait devant lui une aile de perdreau dans laquelle il reconnut avec horreur...

Quoi ?...

Sa dent à 30 fr. !...

Furieux de voir que, dans un établissement aussi renommé, on faisait effrontément resservir les restes d'une salle dans l'autre, il appela le maître d'hôtel d'un ton furibond, dans l'intention bien arrêtée de lui faire une scène honteuse devant tout le monde.

Mais le sang-froid lui revint vite.

Il comprit que s'il reconnaissait publiquement sa dent pour celle qu'il avait laissée dix minutes avant dans le salon voisin, tout était perdu.

Et quand le maître d'hôtel arriva près de lui,

humble & craintif, Croix-Dieu lui dit avec son meilleur sourire :

— Voyez donc, je vous prie, si l'on a pensé à mettre une boule d'eau chaude sous les pieds de madame la comtesse?

Les deux dîners se terminèrent vers dix heures moins un quart.

Il était temps.

Croix-Dieu n'en pouvait plus.

Il se sentait dans l'estomac un diable de morceau de homard qui se trouvait pris dans les glaces de deux copieux parfaits au café et qui le menaçait d'un scandale effroyable.

Une inspiration pouvait seule le sauver.

Il l'eut!...

Il s'esquiva de nouveau du salon d'Auberive, où il se trouvait, sous le prétexte d'aller s'occuper des tables de jeux pour la soirée, avala clandestinement un grain d'émétique dont il s'était muni à tout événement, traversa le vestibule, emplit jusqu'aux bords trois chapeaux de secrétaires d'ambassade qui y étaient déposés, et, souriant, alla prendre un verre de rhum dans le salon Gavard.

Le péril était encore une fois conjuré.

Croix-Dieu respira.

Il n'avait plus à affronter que le double bal et la double nuit de noces.

Le bal ne semblait pas l'inquiéter outre mesure.

Quant à la nuit de noces, cette perspective le rendit un instant songeur.

Mais après quelques secondes de méditation, il eut un petit sourire capable, secoua la tête d'un air... vainqueur et alla gracieusement inviter Mme Gavard, son n° 1, pour le premier quadrille.

L'orchestre préluda.

Et dix minutes après, Croix-Dieu, aussi frais, aussi souple que si rien ne se fût passé, ouvrait le bal, dans la salle voisine, avec Mlle d'Auberive, son n° 2.

CHAPITRE XIV

La nuit de noces.

Le double bal de noce de Croix-Dieu fut, grâce à lui, plein d'entrain.

A peine une polka était-elle achevée dans le salon Gavard qu'il se précipitait dans le salon d'Auberive et se livrait aux douceurs d'un avant-deux plein de brio.

Puis il revenait mazurker devant Mme Gavard, retournait valser à côté de Mlle d'Auberive, scotischant ici, cotillonnant là... et toujours avec une verve endiablée.

Il faisait le trajet d'un salon à l'autre avec tant de rapidité que ni l'une ni l'autre de ses deux femmes ne s'apercevait de ses absences.

Cet homme était décidément d'une vigueur effroyable.

Ce manége dura jusqu'à minuit & demi.

Beaucoup d'invités s'étaient retirés par discrétion, & les deux mariées prétextant un peu de migraine — selon la formule — se préparèrent à quitter le bal & à rentrer chez elles.

A cinq minutes d'intervalle, Croix-Dieu les reconduisit à leur voiture, leur baisa la main et prit congé de chacune d'elles en leur disant avec un accent plein d'ivresse :

— A tout à l'heure!...

Le moment redoutable était arrivé!...

Croix-Dieu se ramassa sur lui-même, fit appel à toute son énergie, avala six verres de punch, sauta dans un fiacre et se fit conduire chez Brion.

Arrivé chez le célèbre loueur, il lui demanda un coupé pour la nuit entière avec deux chevaux excessivement robustes.

Cinq minutes après, cet attelage l'emportait à fond de train, et, à une heure précise, il descendait rue Saint-Dominique, devant l'hôtel de Mlle d'Auberive, son n° 2, qui venait de rentrer.

Il avait les clés; il ne dérangea donc aucun domestique et monta droit à la chambre de sa nouvelle épouse.

Là, il fut tendre et éloquent.

Dix minutes après, profitant de l'obscurité et d'un moment d'émotion de la nouvelle comtesse de Verpigny, il se glissa silencieusement dehors de la chambre nuptiale, descendit l'escalier à pas de loup, ses bottines suspendues à sa chaîne de montre, et en rajustant à la hâte une main mécanique à son moignon droit, car il en avait oublié une à dessein sur l'épaule de la comtesse, afin que, si elle revenait à elle, elle le crût toujours là.

Sautant alors dans le coupé qui l'attendait à la porte, il se fit conduire faubourg Saint-Honoré, chez Mme Gavard, son n° 1.

Il avait aussi, naturellement, les clés de l'appartement de la charmante veuve, qui allait devenir le sien, et se dirigea tout droit vers la chambre de sa nouvelle femme.

Il fut non moins éloquent & non moins tendre.

Et, douze minutes après, profitant de l'obscurité et d'un moment de trouble de la nouvelle duchesse de Croupignac, il quitta doucement la chambre nuptiale, descendit l'escalier, en sondeur, ses bottines reliées par une ficelle et à cheval sur son cou, et en s'adaptant au poignet droit une main postiche de rechange, car il en avait volontairement oublié une le plus près possible de la duchesse, afin que, lorsqu'elle reprendrait ses sens, elle le crût toujours à ses côtés.

Cette visite à la ci-devant Mme Gavard avait été en tous points conforme à celle que Croix-Dieu venait de faire à la ci-devant Mlle d'Auberive.

Mêmes protestations d'amour, mêmes tendres propos, mêmes projets d'avenir, etc., etc.

Seul, un observateur attentif, et muni d'un excellent chronomètre, eût pu constater entre ces deux entretiens une légère différence.

Le second avait duré deux minutes de plus que le premier.

Ce détail n'échappa pas non plus à Croix-Dieu, car à peine fut-il remonté dans le coupé aux deux chevaux robustes qui le reconduisait pour la seconde fois chez Mme la comtesse de

4.

Verpigny, qu'il tira sa montre et s'aperçut de ce retard.

Il fronça le sourcil et murmura :

— Diable!... il faudra rattraper ces deux minutes.

Lorsqu'il arriva chez la comtesse, celle-ci sortait comme d'une espèce d'assoupissement, et au moment où son mari entrait sur la pointe des pieds, elle murmurait, mais sans colère, sentant toujours la main postiche que Croix-Dieu lui avait placée sur l'épaule en partant :

— Otez donc votre main de là, mon ami.

Croix-Dieu avançant doucement près de la comtesse, reprit sa main, la posa sur la table de nuit et dit à sa femme :

— Cher ange, vous avez un peu reposé, je crois.

La comtesse, d'une voix mourante, lui raconta un rêve qu'elle venait de faire.

Et Croix-Dieu fut de nouveau éloquent et tendre.

Quelques instants après, la comtesse étant retombée dans son rêve, le comte de Verpigny s'éclipsa de nouveau en silence, ses bottines sous le bras, ressauta dans son coupé aux deux chevaux robustes, et se rendit à la hâte chez la nouvelle duchesse de Croupignac.

Chemin faisant, il regarda sa montre.

Cette troisième visite avait duré deux minutes de plus que la seconde.

— Sapristi... murmura Croix-Dieu, je m'alourdis.

Mais, mu par un sentiment d'amour-propre exagéré, il fit tous ses efforts pour se persuader que c'était en montant les escaliers qu'il perdait ces deux minutes à chaque nouvelle visite.

Cet homme, d'un orgueil indomptable, aimait mieux douter de ses jambes que de n'importe quoi.

Quand il arriva pour la seconde fois chez la nouvelle duchesse de Croupignac, celle-ci sortait à peine de la douce rêverie dans laquelle son époux l'avait laissée vingt minutes auparavant.

Elle tenait toujours la main mécanique du duc dans sa main & la repoussait même tout doucement en murmurant :

— Finissez Jehan!...

Croix-Dieu entra dans la chambre juste à temps pour entendre ces paroles.

Il se glissa doucement auprès de la duchesse, reprit sa main, la plaça sur la commode, et dit doucement à sa femme :

— Chère amie!... je ne faisais pas de bruit dans la crainte de troubler votre repos... seriez-vous souffrante?

La duchesse de Croupignac répondit négativement. Le duc se montra tendre et éloquent; et quelques instants plus tard, profitant d'une nouvelle somnolence de la duchesse, il redescendit l'escalier, ses bottines dans sa poche, remonta lestement dans son coupé aux deux chevaux robustes & se fit conduire pour la troisième fois chez la comtesse de Verpigny.

Chemin faisant, Croix-Dieu constata avec un certain déplaisir qu'il perdait décidément deux minutes sur chaque nouvelle séance.

Il est inutile que nous prolongions le récit détaillé de cette nuit laborieuse.

Jusqu'à six heures du matin, les premières phases s'en renouvelèrent avec ponctualité.

A chacune d'elles, Croix-Dieu perdait deux nouvelles minutes; mais, à ce détail près, elles se ressemblaient absolument.

Il fit onze fois le trajet du faubourg Saint-Honoré à la rue Saint-Dominique, oubliant à chacune de ses visites chez ses deux épouses, une de ses mains postiches dans un coin ou dans un autre, — le plus souvent dans un autre, — revenant la prendre quelques instants après, la laissant de nouveau rue Saint-Dominique pour aller en rechercher une autre faubourg Saint-Honoré, se montrant tendre et éloquent chez Mme de Croupignac, éloquent et tendre avec Mme de Verpigny.

Et comme cela sans relâche jusqu'au lever du soleil.

Le coupé aux deux chevaux robustes faisait la navette entre ces deux points de Paris; et le cocher ne comprenait rien à un tel manége.

Tout cela fut exécuté avec tant d'habileté et de vigueur que les deux nouvelles mariées ne purent s'apercevoir une minute de l'absence de leur nouvel époux.

C'était là une véritable nuit de noces alibidineuse.

Enfin, le jour parut.

Il était temps!... les deux chevaux robustes étaient exténués!....

Croix-Dieu eut pitié d'eux.

A cinq heures trois quarts, Croix-Dieu, après s'être montré une dernière fois tendre et éloquent, faubourg Saint-Honoré, prit congé galamment de Mme la duchesse de Croupignac et se fit conduire pour la dernière fois rue Saint-Dominique.

Il se montra éloquent et tendre avec Mme la comtesse de Verpigny, redescendit, paya son cocher et se rendit au grand gymnase Paz pour y prendre une douche.

Il sortit de là frais et dispos, entra au bureau télégraphique du boulevard Haussmann et rédigea la dépêche suivante :

« Ex-Impératrice Chislehurst,

« Affaire complétement réussie — les vingt-
» cinq millions seront prêts dans quinze jours
» — pouvez commencer à faire seriner à petit
» Louis son discours ouverture Corps législatif.

» Duc de Croupignac. »

CHAPITRE XV

Jobin reprend la piste.

Quels étaient donc les motifs qui pouvaient inspirer à Croix-Dieu une telle confiance?

Nous allons le dire.

En quittant le matin Mme la comtesse de Vergigny endormie, Croix-Dieu avait clandestinement vidé dans un verre d'eau sucrée, préparé sur la table de nuit, le contenu d'une petite fiole qu'il avait tirée de son gousset.

Puis, dix minutes après, il avait répété cette opération chez Mme la duchesse de Croupignac, assoupie.

Le premier soin des deux nouvelles mariées, en se réveillant, avait été de vider d'un trait ce verre d'eau fraîche dans lequel elles comptaient bien trouver la légitime réparation d'une nuit agitée.

A peine avaient-elles trempé leurs lèvres enfiévrées dans ce breuvage, qu'elles étaient toutes deux tombées foudroyées sans prononcer une parole.

Les deux verres d'eau étaient empoisonnés, comme nos lecteurs ont dû le pressentir.

Inutile de dire que Croix-Dieu avait eu le soin de faire insérer dans chacun de ses contrats de mariage une clause qui lui assurait la fortune de ses deux femmes en cas de décès.

Comme on le voit, Croix-Dieu était on ne peut plus fondé à se considérer désormais comme possesseur des millions de Mme Gavard et de ceux de Mlle d'Auberive.

Cette double fortune lui était en effet acquise.

Mais comment en prendrait-il possession?... Son double personnage de duc de Croupignac et de comte de Verpigny pouvait lui créer des difficultés.

Il résolut, par un coup d'audace, de simplifier la situation.

A huit heures un quart du matin, il se rendit à l'hôtel de Mme Gavard, monta dans sa chambre et sonna un domestique.

Au moment où celui-ci entrait pour prendre ses ordres, il lui brûla la cervelle à bout portant.

Le domestique tomba à la renverse sur la descente de lit.

Alors Croix-Dieu, avec un sang-froid admirable, déshabilla le domestique, le revêtit de ses propres vêtements, et lui plaça dans la main crispée le revolver à l'aide duquel il venait de l'assassiner.

Puis il écrivit à la hâte ces mots, qu'il déposa sur la cheminée :

« Mme la duchesse de Croupignac, ma femme, » vient de mourir dans mes bras... Je ne puis » supporter ce malheur épouvantable... Je me » tue...

» Je lègue toute ma fortune à M. le comte de » Verpigny, un vieux compagnon d'armes, qui » a fait avec moi la campagne de 1870 dans les » *traguambulanciers* de la Presse.

» DUC JEHAN DE CROUPIGNAC. »

Cette formalité remplie, Croix-Dieu quitta l'hôtel & se rendit aux bureaux du *Figaro* pour y porter une note qu'il avait rédigée.

Le lendemain matin, cette note paraissait en tête des échos de Paris :

« Un événement terrible vient de jeter la » consternation dans le tout Paris des gens bien » élevés.

» Mme la duchesse de Croupignac et Mme la » comtesse de Verpigny, dont nous avions an» noncé le mariage il y a quelques jours, ont » succombé toutes deux, la nuit même de leurs » noces, à la double rupture d'un double ané» vrisme.

» M. le duc de Croupignac (un des plus beaux » noms de France) s'est suicidé de désespoir, » léguant sa fortune à M. de Verpigny (un des » plus beaux noms de France).

» On nous affirme que ce dernier, en proie à » la plus violente douleur, serait parti cette nuit » même se réfugier à la Trappe.

» Par suite de ce fatal événement et du testa» ment fait par M. de Croupignac en faveur de » M. de Verpigny, la fortune de celui-ci peut » être désormais évaluée à plus de trente-deux » millions. »

Après avoir pris ces quelques précautions de la première heure, Croix-Dieu avait été s'installer modestement et sous un faux nom dans un petit hôtel garni de la rue du Jour.

De là, il se promettait d'attendre les événements et l'accomplissement des formalités légales qui devaient l'envoyer en possession de ses deux héritages.

CHAPITRE XVI

L'enquête.

Cependant, le bruit de la mort subite de la comtesse et de la duchesse avait causé quelque émoi à la préfecture de police.

Et un agent spécial avait été chargé de seconder le commissaire de chacun des deux quartiers dans les enquêtes qu'ils devaient faire sur cet épouvantable événement.

Cet agent se transporta d'abord à l'hôtel d'Auberive.

Le corps de la duchesse était étendu raide et livide sur le tapis de la chambre; mais rien n'indiquait qu'il y eût crime.

Aucune trace de violence, aucun désordre dans la pièce; cette mort paraissait tout à fait accidentelle, et le commissaire, qui sentait approcher l'heure de son déjeuner, allait se retirer satisfait, lorsque l'agent qui l'accompagnait eut un petit cri de surprise.

En furetant dans tous les coins, il venait d'apercevoir sur le pied du lit un main d'homme de laquelle il s'était emparé.

Après avoir considéré cette main pendant quelques secondes, il s'écria, sombre & menaçant :

— Lui!... encore lui!... Mais alors qui donc a-t-on enterré à sa place dans le cimetière d'Asnières?...

Et il se précipita au dehors, suivi du commissaire de police, qui ne comprenait rien à cette scène.

L'agent sauta dans une voiture et se fit conduire chez le commissaire de police du quartier Saint-Honoré.

De là, ils se rendirent tous deux au domicile de la duchesse de Croupignac, que l'on trouva également étendue et raide sur son lit.

Là, comme chez la duchesse de Croupignac, aucune trace de violence, aucun indice.

Et le commissaire de police allait se retirer en concluant au non-lieu, lorsque l'agent qui l'avait amené et n'avait cessé, depuis leur arrivée, de regarder sous tous les meubles, poussa une vive exclamation.

Il venait de trouver dans la ruelle!...

Quoi?...

Une autre main d'homme de la même pointure que celle qu'il avait cueillie, une demi-heure avant, à l'hôtel d'Auberive.

Jobin — car pourquoi le cacher plus longtemps — Jobin enveloppa fiévreusement les deux mains en caoutchouc dans un numéro du *Gaulois* qui se trouvait à sa portée, et sortit précitamment en murmurant :

— Lui!... toujours lui!...

Nos lecteurs l'ont deviné sans peine, ces deux mains étaient celles que Croix-Dieu, dans la nuit agitée que nous avons racontée plus haut, avait oubliées après la onzième et dernière visite qu'il avait faite à chacune de ses deux infortunées épouses.

Jobin rentra chez lui à la hâte, ouvrit un placard et y accrocha les deux mains de Croix-Dieu à côté de sept autres qui y étaient déjà — non toutefois sans avoir eu le soin de les dater et de les numéroter soigneusement.

Il remarqua alors une particularité à laquelle son émotion l'avait jusque-là empêché de prendre garde.

Ces deux dernières mains qu'il venait d'ajouter à sa collection, bien qu'étant absolument semblables aux autres, se distinguaient par un mouvement constant des doigts.

De seconde en seconde ces doigts se rapprochaient automatiquement les uns des autres comme s'ils pinçaient quelque chose.

Jobin, en examinant ces deux mains de plus près, constata qu'elles possédaient un petit ressort spécial qui pouvait marcher à peu près dix-huit heures, et qui avait dû être remonté vers deux heures du matin.

Très-intrigué de ce mécanisme, Jobin se demandait dans quel but Croix-Dieu avait des mains dont les doigts étaient articulés de cette façon.

Tout à coup, il se frappa le front et s'écria :

— Imbécile!... j'y suis!... ce sont les mains dont il se sert quand on lui offre une prise.

Satisfait de sa découverte, il referma son placard et commença à rédiger son rapport au préfet de police, entrevoyant déjà en rêve la croix de la Légion d'honneur pour le jour prochain où il mettrait enfin la main sur Croix-Dieu.

CHAPITRE XVII

L'incendie.

Du petit hôtel meublé où Croix-Dieu s'était retiré après le meurtre de ses deux femmes et celui de son domestique, il surveillait attentivement les événements.

Son premier soin avait été d'écrire au notaire chargé de la liquidation des successions de la duchesse de Croupignac & de la comtesse de Verpigny une lettre conçue en ces termes :

Monsieur,

Dans l'état de désespoir profond où m'a plongé le terrible événement que vous savez, il me serait impossible de gérer mes affaires.

Je désire que vous réalisiez dans le plus bref délai — et en espèces — la succession de ma pauvre femme la comtesse de Verpigny, ainsi que celle de mon infortuné ami le duc de Croupignac qui m'a institué son légataire universel.

Vendez tout, meubles, immeubles, valeurs, etc.

D'après les inventaires dressés par vous, ces liquidations doivent produire ensemble 36,782,883 francs 17 centimes.

J'aurai l'honneur de faire toucher le 3 septembre prochain à votre étude un à-compte de 36,782,883 francs.

Le solde de dix-sept centimes se règlera à l'occasion.

Je compte sur vous et vous prie d'agréer, monsieur, mes salutations empressées.

COMTE DE VERPIGNY.

En même temps que Croix-Dieu s'occupait de réaliser sa fortune, il se tenait en correspondance suivie avec l'ex-impératrice à l'effet de préparer le grand coup de main qui devait amener la restauration bonapartiste et le porter, lui Croix-Dieu, au faîte du pouvoir avec le titre de régent.

D'un commun accord, ce coup de main avait été fixé au 4 septembre 187...

On avait voulu frapper les masses en restaurant Vélocipède IV le jour anniversaire du détrônement de son père.

C'est pourquoi nous avons vu Croix-Dieu demander à son notaire ses 36,782,883 francs pour le 3 septembre, veille du grand jour.

L'exécution des projets de Croix-Dieu marchait à ravir.

Un matin, en décachetant son courrier, il lut la lettre suivante, qui arrivait d'Angleterre :

« Cher duque,

» C'en ai fait. Je me confis définitivement à
» vous pour nos progets... Je lâche complétement
» mes conseillers R....r, Emile O......r, P....i,
» P... de C.......c, D.... de la F.........e, etc.
» Tous, depuis quatre ans, me font dépanser
» une masse d'argean qui n'abouti à rien... Vos
» plant me paressent excellent... Je les adobte...
» A partir de ce jour, vous avez plains pouvoirs
» pour diriger le mouvement... Agissez, je serai
» prête comme vous le dite, avec Louis, pour le
» quatre septembre prochin... Tâché que cela
» réusice... Il n'ai que tant... Excusez, si je
» n'affranchi pas, vous savez que nous sommes
» bien génées.

» Que Dieu vous est en sa sainte garde.

E......

P.-S. — Je ne cigne pas pour le cas que cette lettre tomberai dans les mains du praifet de police, qui s'est conduit déjà trop mal à notre égars; mais vous saurés bien, cher duque, deviner qu'elle est de moi, de moi : Eugénie de Montijo, votre souvereine,

Bon courage,

E......

Au reçu de cette lettre, Croix-Dieu ne perdit pas un instant.

On était au 16 août, le coup de main devait avoir lieu le 4 septembre suivant. Croix-Dieu n'avait donc en réalité que dix-neuf jours devant lui pour préparer cette vaste conspiration.

Mais c'était l'homme de toutes les audaces et des choses enlevées avec vigueur ; il se posa résolûment devant son calendrier, se croisa les bras d'un air de défi et murmura en hochant la tête : J'arriverai à l'heure dite!... ou le prince Napoléon en prendra les armes!...

Nos lecteurs se souviennent que Croix-Dieu était affilié à la fameuse société secrète des *Jaguars de la rue Maubuée*, pour le compte de laquelle Grisolles fabriquait, dans son logement de la rue des Écluses-Saint-Martin, des bombes Orsini destinées aux usages les plus coupables.

Du jour où Croix-Dieu avait entrevu dans ses rêves d'ambition son hymen avec l'ex-impératriée et la régence pour lui, il s'était glissé dans les *Jaguars de la rue Maubuée*, pressentant qu'un jour ou l'autre, cette association pourrait être utile à ses projets.

Ce jour était arrivé.

Mais un obstacle énorme se dressait devant le comte de Verpigny.

Les *Jaguars de la rue Maubuée*, composés de démocrates farouches, avaient un grand maître auquel ils obéissaient aveuglément.

Ce grand maître était un certain Sosthène Fripasson surnommé : OS-A-MOELLE à cause de sa vigueur physique, et qui lui-même était imbu des principes les plus irréconciliables.

Comment Croix-Dieu pouvait-il espérer que les *Jaguars de la rue Maubuée,* surtout guidés par un tel chef, se missent au service d'une tentative de restauration bonapartiste?...

Croix-Dieu n'était pas homme à s'embarrasser pour si peu.

OS-A-MOELLE était chef de turbine dans une raffinerie de La Villette. Croix-Dieu alla un soir l'attendre à la sortie de l'usine, lui fit le signe de ralliement des *Jaguars de la rue Maubuée* et l'entraîna dans un petit café du faubourg Saint-Martin.

Là, il lui remit silencieusement une lettre très-sale et cachetée de rouge.

OS-A-MOELLE ouvrit la lettre et y lut ceci :

« F.·.r.·.è.·.r:e!!!

» J'ai besoin de toi immédiatement. Nous
» avons à nous entendre sur un grand mouve-
» ment qui doit éclater en même temps dans
» toute l'Europe.

» Viens à Berlin prendre le mot d'ordre du
» comité central des *Jaguars internationaux.*

» En ton absence, le Frère qui te remettra la
» présente commandera à ta place la section des

» *Jaguars de la rue Maubuée.* Remets-lui tous
» tes pouvoirs, c'est un homme sûr.

» Il est chargé, par le Grand-Conseil, de te
» verser trois cents francs pour tes frais de
» voyage.

» Nous t'attendons.

» PILOTELLHAUSEN

» Grand-maître de l'ordre des
» *Jaguars internationaux.* »

OS-A-MOELLE ne connaissait que la consigne. Après avoir lu cette lettre, il remit sans mot dire à Croix-Dieu les insignes de chef des *Jaguars de la rue Maubuée,* prit les trois cents francs que celui-ci était chargé de lui remettre et partit séance tenante pour Berlin par le chemin de fer de l'Est.

Croix-Dieu était donc de plus en plus maître de la situation.

Débarrassé d'OS-A-MOELLE au moyen de la fausse lettre de PILOTELLHAUSEN, il allait pouvoir commander aux *Jaguars de la rue Maubuée* et se servir de cette formidable association pour provoquer un mouvement à la suite duquel il rétablirait facilement l'Empire.

Il se mit donc à travailler sans relâche au plan de la journée du Quatre-Septembre qu'il méditait.

Voici ce qu'il trouva de mieux :

Le 4 septembre, au point du jour, pendant que quatre-vingts jaguars décidés pénétreraient chez les quatre-vingts commissaires de police de Paris, les égorgeraient sur leur traversin et prendraient leur écharpe, lui, Croix-Dieu, se rendrait chez le Président de la République, demanderait une audience pour lui parler du phylloxera, le bâillonnerait par surprise, l'enfermerait dans un placard et prendrait effrontément sa place en se grimant de son mieux.

Une fois là, maître de l'armée, des télégraphes et de l'administration, il expédierait en masse des dépêches annonçant qu'une explosion populaire vient de rétablir l'Empire.

Pendant ce temps, l'ex-impératrice & le petit prince, arrivés incognito depuis la veille, se montreraient à cheval sur les boulevards.

Le soir, la proclamation suivante serait affichée partout :

« Français !

» Après plusieurs années de deuil & de misère,
» la nation va redevenir heureuse & prospère.
» Appelé à la régence par l'Impératrice mère,
» qui m'a accordé sa main, je m'efforcerai de
» rendre la France heureuse au dedans et res-
» pectée au dehors.

» Que les bons se rassurent et que les méchants tremblent.

» Voici la mesure de la première heure que me dicte le bonheur de mon pays :

» L'état de siége est doublé.

» La liste civile est fixée à cent quatre-vingt-deux millions par an, dont cinq années seront payées d'avance par la Banque de France, qui sera remboursée au moyen du produit de la confiscation des biens de tous les citoyens qui n'ont pas envoyé de bouquets de violette à Chislehurst depuis le 4 septembre 1870.

» Comte de VERPIGNY,
» *Régent.* »

Comme on le voit, les projets de Croix-Dieu étaient solidement conçus; rien n'était laissé au hasard.

Cependant, de temps à autre, un nuage obscurcissait le front du misérable.

Depuis l'affaire du cigare explosible, Croix-Dieu n'avait point entendu parler de Sarriol.

Qu'était-il devenu ce complice dangereux? N'allait-il pas encore surgir tout à coup devant le futur régent de France et renverser tous ces plans si merveilleusement conçus.

Croix-Dieu était inquiet.

Il résolut d'aller au-devant du danger.

Le 23 août, il se rendit dans les bureaux du *Figaro*, pour y faire insérer l'avis suivant dans les petites affiches du dimanche :

A MON AMI S... *Qu'es-tu donc devenu, cher ami, depuis un mois?... Affaire que tu sais va bien... Il faut que je cause avec toi de la place de sénateur promise... T'attends à déjeuner lundi, onze heures, chez moi, avenue Mélanie, 15, à Bellevue.*

Cette annonce ne fut pas perdue.

Le lundi suivant, à onze heures précises, Sarriol se faisait annoncer chez le faux comte de Verpigny.

Il avait sur les lèvres un mauvais sourire et sous le bras un petit paquet.

Du plus loin que Croix-Dieu entendit la voix de son complice et de son ennemi, il se précipita joyeux au-devant de lui, et lui prit les mains affectueusement.

— Que diable deviens-tu?... Il y a un siècle que l'on ne t'a vu!... Moi, j'ai travaillé à nos petites affaires pendant tout ce temps-là!... Ça va très-bien... Je vais te raconter tout cela en déjeunant... Mettons-nous à table.

Tout en parlant, Croix-Dieu s'était assis et se préparait à servir à Sarriol une succulente tranche d'omelette aux truffes.

Sarriol prit place à table; mais, repoussant doucement l'assiette que Croix-Dieu lui offrait, il déplia le petit paquet qu'il portait sous son bras, en disant :

— Merci, mon cher bon..., ne te dérange pas; j'ai apporté mon déjeuner.

En effet, Sarriol étalait devant lui un fort cervelas à l'ail, un petit pain, un morceau de fromage et une fiole de vin blanc.

Il plaça à côté de tout cela un brûle-gueule tout bourré et se mit à entamer son saucisson.

— Premier service!... dit-il en ricanant; maintenant, comte, tu peux causer, je t'écoute.

— Oh! que c'est vilain, Sarriol!... Pourquoi as-tu apporté ton vin et ta pipe?

— Parce que je me suis aperçu que ton johannisberg et tes prinçadorès ne me réussissaient pas.

A cette cruelle allusion, Croix-Dieu se pinça les lèvres.

— Soit!... dit-il, à ton aise, causons de nos affaires.

— Causons, répondit Sarriol, la bouche pleine.

— Tu connaissais mes projets sur les millions de feu Gavard, sur ceux de Mlle d'Auberive, sur l'ex-impératrice, sur la régence...

— Je connais tout cela.

— Tu sais que j'ai déjà réalisé une partie de mes espérances et que je touche au but...

— Peut-être!... interrompit Sarriol d'un ton mielleux.

— Comment, peut-être?... Qui pourrait désormais m'entraver?... Toi seul connais mes plans et dois en souhaiter la réussite, puisqu'elle t'assure un siége au Sénat du troisième Empire.

— J'ai changé d'avis, duc!... reprit Sarriol en allumant sa pipe, le Sénat ne me suffit plus!...

— Pourtant!... c'étaient nos conventions.

— Oui... Possible!... Avant l'aventure du lac d'Enghien; mais, depuis...

Croix-Dieu tressaillit; puis, reprenant son aplomb :

— L'aventure du lac d'Enghien, puisque tu la connais, ne peut qu'assurer mon triomphe, puisqu'elle a supprimé Octave et sa femme, seuls héritiers de Mme Gavard.

— Erreur!... reprit Sarriol... Ernest Gavard a laissé un fils.

— Un fils!... s'écria Croix-Dieu atterré. — Où est-il?

— Chez moi!... De plus, San Remo et Germaine, héritiers de Mlle d'Auberive, et que tu as empoisonnés à la mairie du IIe arrondissement, ont, eux aussi, laissé une fille. Cette enfant avait été remise en cachette à une nourrice de Villers-Cotterêts. Cette nourrice, c'était ma belle-sœur... elle m'a vendu l'héritière des Grandlieu!... En un mot, baron... j'ai les deux enfants qui peuvent faire crouler ton échafaudage...

— Tu ne feras pas cela, Sarriol! murmura Croix-Dieu aplati. Je t'achète ces deux enfants!...

— Ils ne sont pas à vendre.

— Mais alors, que veux-tu donc!...

— Je veux être régent moi-même. Je te laisse les millions. A toi la fortune!... à moi le pouvoir!...

— C'est impossible!... le rêve de toute ma vie!...

— C'est à prendre ou à laisser... Je serai régent ou je dis tout.

— Misérable! vociféra Croix-Dieu en tirant de sa poche un revolver à six coups.

— Tout beau! reprit Sarriol en en tirant deux à douze coups de dessous sa serviette.

La situation était terrible. Ces deux hommes, animés depuis longtemps l'un contre l'autre d'une haine mortelle, semblaient ne devoir se faire aucun quartier.

Croix-Dieu se radoucit le premier.

— Tu es fou, dit-il à Sarriol. D'ailleurs, qui prouvera que ces enfants sont bien ceux de San Remo et d'Octave?

— Tu vas voir! reprit tranquillement Sarriol.

Et, ouvrant la fenêtre, il cria à trois reprises différentes en voix de fausset, en se faisant un orte-voix de ses deux mains : Piou... piou... piou!...

Trois minutes après, une grosse femme, qui était restée en bas, dans l'avenue, depuis l'arrivée de Sarriol, montait l'escalier et se faisait introduire chez Croix-Dieu.

Cette grosse femme, qui n'était autre que Mme de Saint-Angot, portait sur les bras deux jolis bébés roses.

Sarriol prit les deux enfants, les déshabilla tranquillement, et Croix-Dieu put lire sur l'épaule du petit garçon :

« Je meurs assassinée par Croix-Dieu. Cet » enfant est mon fils.

» DINAH GAVARD.

» C'est vrai.

» OCTAVE GAVARD. »

et sur la fesse de la petite fille :

« Ayez soin de cette enfant, qui est la nôtre.

» SAN REMO. — GERMAINE. »

Croix-Dieu était littéralement abasourdi.

Il avait beau se raidir contre un tel coup du sort qui bouleversait en une seconde tous ses projets, jusque-là si bien conduits, il ne pouvait reprendre son empire sur lui-même.

Enfin, il fit un violent effort pour paraître

calme, et, s'adressant de nouveau à Sarriol, il lui dit :

— Voyons, mon cher ami, quel est ton dernier mot ?

— La régence pour moi et un tabouret à la cour pour madame, avec titre de princesse d'Angotternich, répondit Sarriol, implacable, en désignant l'ex sage-femme des Batignolles.

— C'est impossible, reprit Croix-Dieu.

— Alors il n'y a rien de fait, riposta Sarriol, en repliant tranquillement les deux bébés et en les replaçant sur les bras de Mme de Saint-Angot.

A ce moment Croix-Dieu vit rouge !...

Si ces deux enfants sortaient vivants de chez lui, c'en était fait de son avenir. Il résolut de tenter d'en finir d'un coup, et coûte que coûte.

Sautant d'un seul bond hors de la pièce, il en ferma la porte à double tour, éloigna les deux domestiques qui se tenaient dans la cuisine, descendit rapidement au sous-sol de la maison, mit le feu à quelques bottes de paille qui étaient dans un coin, défonça d'un coup de merlin un petit tonneau de cognac, ferma toutes les issues et s'enfuit à la gare du chemin de fer, où il prit le train de deux heures quarante, revenant de Versailles sur Paris.

Du compartiment de première classe où il s'était blotti, il vit très-distinctement une colonne de fumée et de flamme s'élever rapidement en l'air.

La maison brûlait comme un paquet d allumettes... de contrebande.

Croix-Dieu respira. La petite maison où il avait reçu Sarriol était complétement isolée. De plus, c'était un mercredi; les villas d'alentour, louées toutes à des commerçants qui n'y venaient que le dimanche, étaient inhabitées, et aucun secours n'en pouvait venir. Avant que l'on ne s'aperçût de l'incendie, tout serait fini : le Sarriol, la Saint-Angot et les deux enfants ne seraient plus qu'un monceau de cendres.

Croix-Dieu arriva à Paris à trois heures trois minutes, régla sa montre sur l'horloge de la gare et rentra chez lui le cœur léger.

Que s'était-il passé après son départ de Bellevue?

Comme nous l'avons vu, l'incendie n'avait pas tardé à éclater avec violence.

Enfermés à double tour, Sarriol et Mme de Saint-Angot appelaient au secours par la fenêtre, mais personne ne les entendait.

Déjà le plancher craquait sous leurs pieds.

Encore deux minutes et la maison allait s'effondrer, lorsque tout à coup Sarriol, en se penchant de nouveau à la croisée pour crier à l'aide, se sentit frôler à la tête; il leva les yeux.

C'était une grosse corde qui lui passait verticalement devant le nez.

Instinctivement il la saisit.

La corde résista.

A quoi cette corde pouvait-elle bien être retenue en l'air, Sarriol ne put s'en rendre compte.

Cependant la corde lui glissait rudement entre le doigts et menaçait de s'éloigner à tout jamais s'il la lâchait!

A tout hasard, Sarriol se cramponna à ce câble, y fit à la hâte quatre nœuds coulants les uns au-dessous des autres, introduisit la Saint-Angot dans le premier, les deux enfants dans chacun des deux suivants, et se glissa lui-même dans le dernier.

Il était temps.

La corde tirait toujours avec violence, et bientôt elle emporta dans les airs cette grappe humaine qu'elle venait d'arracher à une mort certaine et affreuse.

D'où était donc venu aux incendiés ce salut inattendu!...

C'était M. et Mme Duruof, les intrépides aréonautes, qui venaient d'exécuter une ascension au Trocadéro et avaient été poussés par le vent du côté de Bellevue.

Cette corde qui était venue frôler la maison en flammes était celle de leur nacelle.

Trois heures après, le ballon descendait à

Fère-en-Tardenois, tout le monde sain & sauf.

Sarriol, la Saint-Angot, reprirent le train de neuf heures du soir, et à minuit ils rentraient chez eux à Paris, se promettant bien de surveiller Croix-Dieu qui, de son côté, ronflait comme un bienheureux, croyant avoir éclairci son horizon des derniers points noirs qui l'assombrissaient.

CHAPITRE XVIII

Le garçon de recette.

Après avoir incendié la petite maison de Bellevue où se trouvaient réunis le Sarriol, la Saint-Angot & les deux enfants révélateurs, Croix-Dieu, désormais assuré que rien ne pouvait plus venir faire obstacle à ses projets, s'occupa des derniers préparatifs de son plan gigantesque.

Nos lecteurs se souviennent qu'en éloignant par ruse le terrible Os-a-moelle, le chef de la Société secrète des *Jaguars de la rue Maubuée,* il était devenu le maître de cette redoutable association.

Le coup d'audace qui devait mettre Paris en son pouvoir & lui procurer la régence avait, comme nous l'avons vu, été fixé au 4 septembre.

Le 1er septembre, il fit passer à chacun des chefs de brigade des *Jaguars de la rue Maubuée,* l'ordre suivant :

« F :: r .·. è ·.· r :: e !...

» Agissez comme il est convenu, jeudi matin,
» 4 du courant, à 6 heures ; la veille vous rece-
» vrez cinq cent mille francs à compte sur pre-
» miers frais.

» Comte De Verpigny. »

Les *Jaguars de la rue Maubuée* comptaient vingt chefs de brigade. C'était donc dix millions de francs qu'il fallait à Croix-Dieu pour le 3 septembre.

Mais nos lecteurs n'ont pas oublié que, ce jour-là, il devait toucher de son notaire 36 millions et des centimes provenant de la liquidation des successions de ses deux femmes qu'il avait occises dans la mémorable nuit du 12 août précédent.

Il n'avait donc de ce côté aucun souci.

Le plus pressé pour lui était de précipiter son hymen avec l'ex-Impératrice.

A cet effet, il se rendit le 2 septembre, 48, boulevard Haussmann, chez la célèbre émailleuse Léontine Rachel, à qui il demanda un vernissage complet.

Après s'être fait soumettre quelques échantillons d'émaillures contemporaines, Croix-Dieu se décida pour le modèle n° 825 (Changarnier), trois couches, grand feu, couleurs fines.

Immédiatement Mlle Léontine Rachel le mit en mains.

Au bout de cinq quarts d'heure, Croix-Dieu, complétement momifié & rajeuni d'au moins trois semaines, s'apprêtait à prendre congé de la célèbre émailleuse, lorsque celle-ci lui dit :

— Monsieur, c'est huit cents francs...

Croix-Dieu, qui n'avait pas cette somme, offrit

6

en paiement à Mlle Rachel un brevet d'émailleuse de l'Impératrice Eugénie.

Mais celle-ci refusa & insista pour être payée de suite en espèces.

Quand Croix-Dieu lui eut avoué qu'il était sorti sans monnaie, Mlle Léontine entra dans une colère bleue & se jeta sur le visage de Croix-Dieu pour reprendre son émail avec ses ongles.

Une lutte terrible suivit, et Croix-Dieu, qui était parvenu à s'échapper des mains de l'implacable poticheuse humaine, allait s'enfuir quand Mlle Rachel, saisissant le premier cache-pot en porcelaine qui lui tomba sous la main, le lança avec vigueur à la face du comte de Verpigny en s'écriant :

— Gredin!... puisque je perds mon émail, au moins tu n'en profiteras pas!...

Effectivement, le choc fut si violent, que l'émaillure du visage de Croix-Dieu fut fêlée en mille endroits.

Sa face toute craquelée ressemblait à un vieux Rouen.

Croix-Dieu n'avait pas le temps de s'arrêter à ce détail; il sauta dans un fiacre & se fit conduire à la gare du Nord.

Le soir, il arrivait au château de Chislehurst, où un mariage secret l'unissait à l'ex-impératrice.

En sortant de la chapelle, il repartait pour Paris, après avoir bien recommandé à sa nouvelle épouse de se trouver à cheval avec le jeune Woolwich XXXVII, le 4 septembre au matin, sur le boulevard des Capucines.

Tout cela s'était accompli avec une excessive rapidité, et le 3 septembre, à 8 heures du matin, le comte de Verpigny était de retour à Paris.

A onze heures, il se présentait chez son notaire pour y recevoir les 36,782,883 francs, solde des successions Gavard & d'Auberive.

Son notaire lui remit cette somme en un bon sur la Banque de France, payable à vue.

Croix-Dieu eût préféré être payé en pièces de quarante sous, mais il n'y avait pas de temps à perdre, il courut à la Banque.

Comme les guichets étaient un peu encombrés, il dut attendre & se promena quelques instants dans la salle, les mains derrière son dos.

Tout à coup, il aperçut à trois pas devant lui... assis sur un des bancs de la salle d'attente et le regardant en ricanant :

Qui ?

Sarriol !...

Sarriol qu'il croyait réduit en braise depuis deux jours dans la petite maison de Bellevue !...

Un nuage passa devant les yeux de Croix-Dieu.

Comment !... au moment où il touchait au but, au moment où il allait recevoir argent comptant ces 36,782,883 francs convoités depuis si longtemps & qui allaient l'aider à réaliser ses projets mûris avec tant de sollicitude!... au moment où il allait presque monter sur le trône de France!... Sarriol surgissait encore!...

Mais alors, si Sarriol avait échappé à l'incendie, la Saint-Angot y avait échappé aussi, et les deux enfants aussi!... Sarriol, en produisant ces deux enfants au guichet du payeur de la Banque, allait arrêter le payement de son mandat et faire encore une fois crouler tout son édifice.

C'était à devenir fou.

La tête de Croix-Dieu éclatait.

Ce n'était pas tout.

Pendant que, plongé dans un abattement presque complet, Croix-Dieu tenait ses yeux fixés sur Sarriol, il ne s'apercevait pas que, derrière lui, un petit homme jaune & sec se livrait sur ses mains, croisées derrière son dos, à de singulières expériences.

Le petit homme jaune s'amusait à enfoncer dans les mains de Croix-Dieu de longues épingles à cheveux.

Ces mains étant postiches, comme on le sait, Croix-Dieu ne sentait rien, et le petit bonhomme piquait toujours de nouvelles épingles en murmurant :

— C'est bien lui!...

Cet homme, c'était Jobin, qui avait été prévenu secrètement par Sarriol que le Croix-Dieu, à la recherche de qui il était depuis si longtemps, devait venir ce jour-là encaisser un mandat à la Banque de France.

Jobin était venu lui-même, et avait bien cru reconnaître Croix-Dieu — en dépit de l'émail craquelé qui recouvrait son visage; — mais pour s'assurer que c'était bien lui, il avait eu l'idée de lui enfoncer des épingles dans les mains pendant qu'il les tenait derrière son dos.

Jobin s'était dit :

— Si c'est Croix-Dieu, il ne sentira rien, et alors je l'arrêterai.

— Si ce n'est pas lui, le monsieur poussera des cris de douleur à la première épingle, et je m'excuserai en lui disant que je l'avais pris pour ma belle-mère : si c'est un homme du monde, il comprendra parfaitement.

L'épreuve avait réussi, et Jobin, ayant épuisé sa provision d'épingles à cheveux, frappa doucement sur l'épaule de Croix-Dieu.

Celui-ci se retourna.

— Loc-Earn-Muller-Croix-Dieu-Zimmermann-de-Croupignac-de-Verpigny!... débita Jobin sans respirer, je vous arrête!...

Croix-Dieu poussa un cri de rage & bondit vers la porte d'entrée.

Avant que Jobin n'ait eu le temps de le saisir, Croix-Dieu se précipita dans les couloirs de la

Banque, et, trouvant devant lui une porte, il l'enfonça d'un violent coup d'épaule.

Derrière cette porte ébranlée, une voix sourde lui cria bien :

— Il y a du monde !...

Mais il ne s'arrêta pas pour cela, entra et referma la porte sur lui.

Là, il se trouva en face d'un garçon de la Banque qui, avant de partir en recette dans des quartiers excentriques, était entré prendre les précautions de la dernière heure.

Nos lecteurs l'ont vu en maintes circonstances, la qualité maîtresse de Croix-Dieu était le coup d'œil.

Immédiatement, il se rendit un compte exact de la situation.

Il se précipita sur le malheureux garçon de banque sans défense, lui appliqua ses deux mains postiches autour du cou, en ayant soin d'en remonter jusqu'au bout le ressort qui les faisait se contracter quand il avait besoin de s'en servir pour monter sur les impériales d'omnibus.

Etranglé, le garçon de banque ne pouvait proférer un cri ; assis au-dessus de l'abîme, il ne pouvait faire un geste.

Croix-Dieu profita de ces avantages, et en moins de cinq secondes, dépouilla le garçon de banque de ses vêtements, de son chapeau, de sa sacoche & de son porte-feuille, s'en revêtit à la hâte & sortit dans le couloir de l'air le plus naturel du monde, en faisant semblant de rajuster la ceinture de son pantalon.

A ce moment, Jobin arrivait en courant.

Croix-Dieu se rangea pour le laisser passer et descendit lentement derrière lui, pendant que le malheureux garçon de banque, succombant sous les étreintes des deux mains mécaniques que Croix-Dieu lui avait laissées autour du cou, râlait positivement derrière la porte du petit cabinet, que son assassin avait refermée sur lui.

Quand Croix-Dieu se vit dans la rue de la Vrillière, vêtu en garçon de banque, un gros portefeuille sous le bras, il se dit :

— Le coup est manqué pour aujourd'hui... Retourner présenter à la caisse séance tenante mon mandat de 36,782,883 fr. serait peut-être imprudent... Si j'allais en recette?

Il ouvrit son portefeuille et fit un inventaire sommaire des valeurs qu'il contenait.

Tout à coup, ses yeux brillèrent.

Au nombre des billets qu'il avait à encaisser, il venait d'en apercevoir un ainsi conçu :

Paris, 15 juillet. *B. P. F. 20* »

Au trois septembre prochain, nous paierons à l'ordre de M. Bonnivet, marchand de meubles, la somme de vingt francs, valeur en compte.

SARRIOL ET Ve SAINT-ANGOT.
Agence matrimoniale
Rue Saint-Jacques, 271.

Décidément Croix-Dieu était né sous une heureuse étoile.

Un hasard providentiel lui donnait non-seulement l'adresse de Sarriol, où devaient être cachés les deux enfants qu'il lui fallait à tout prix faire disparaître, mais lui fournissait encore les moyens de pénétrer dans cette maison sous un prétexte des plus naturels & un déguisement des plus sûrs.

Croix-Dieu n'hésita pas.

Il fit à la hâte quelques recettes qui se trouvaient sur son chemin et alla droit au n° 271 de la rue Saint-Jacques.

Arrivé à une maison d'apparence plus que douteuse, il demanda à la concierge :

— M. Sarriol, s'il vous plaît?

— M. Sarriol est absent, répondit la vieille, mais madame son associée y est... au quatrième, la porte à gauche, au fond du collidor.

Croix-Dieu dévora ces quatre étages, et frappa à la porte qui lui avait été indiquée.

Mme de Saint-Angot vint ouvrir. Croix-Dieu présenta son billet.

Pendant que l'ex-sage-femme allait dans la pièce voisine chercher l'argent nécessaire, Croix-Dieu colla son œil à la serrure et vit deux petits enfants qui dormaient dans un berceau.

— Ils sont là, murmura-t-il.

A ce moment, la veuve Saint-Angot revint avec un billet de vingt-cinq francs.

— Aureriez-vous cinq francs à me rendre? demanda-t-elle à Croix-Dieu.

Celui-ci répondit :

— Ma foi non... madame... je commence ma tournée et je n'ai pas du tout de monnaie.

Le misérable avait entrevu dans cet incident un moyen infernal.

Effectivement la veuve Saint-Angot reprit :

— Si vous voulez m'attendre un instant, je vais demander à ma voisine de me changer ce billet.

Le misérable n'en demandait pas davantage, il répondit qu'il attendrait volontiers.

A peine l'ex-sage-femme avait-elle les talons tournés qu'il pénétra rapidement dans la chambre où dormaient les deux enfants, en mit un dans sa sacoche, l'autre dans son portefeuille, et s'esquiva.

Une fois dans la rue, il grimpa sur un omnibus et rentra dans son hôtel garni de la rue du Jour.

Cette fois, il tenait bel & bien son salut.

Les deux enfants disparus, personne ne pouvait venir lui contester l'héritage de Mme Gavard et de Mlle d'Auberive.

Croix-Dieu, brisé par tant d'émotions, enferma les deux enfants dans un tiroir de commode, et se mit au lit, remettant au lendemain le soin de trouver le moyen de se débarrasser de ces deux bébés sans se compromettre.

CHAPITRE XIX

Contre-temps. — Ajournement du coup d'Etat bonapartiste.

Cependant, les événements qui s'étaient déroulés le 3 septembre à la Banque de France avaient légèrement contrecarré les projets de Croix-Dieu.

Les 36,782,883 francs n'ayant pas été encaissés, il n'avait pu envoyer l'argent promis aux chefs de section des *Jaguars de la rue Maubuée,* qui devaient opérer le matin du 4 septembre.

Ne recevant ni fonds, ni nouvelles de Croix-Dieu leur chef, les *Jaguars de la rue Maubuée* n'avaient naturellement pas bougé.

Et le 4 septembre, aucun événement ne vint bouleverser Paris, contrairement à ce qui avait été projeté.

A huit heures du matin, les quatre-vingts commissaires de police qui devaient être égorgés dans leur lit depuis six heures un quart par les *Jaguars de la rue Maubuée,* prenaient tranquillement leur café au lait avec leur femme.

Et le Président de la République, que Croix-Dieu s'était chargé lui-même de faire disparaître, était en train de recevoir l'ordre de l'éléphant du Mississipi, sans se douter qu'une violence eût un seul instant plané sur sa tête.

Le coup était manqué.

Dès neuf heures du matin, cependant, on pouvait remarquer, se promenant à cheval sur les grands boulevards, une amazone, vieille déjà, mais mal conservée, et un jeune homme de dix-huit ans environ, aux traits fadasses & inintelligents.

Ces deux personnages, qui paraissaient en proie à une vive impatience, allaient au pas, de la rue Caumartin au faubourg Poissonnière, et revenaient en regardant avec inquiétude à chaque encoignure de rue.

— C'est singulier, disait l'amazone, il nous avait bien dit que ça devait éclater à neuf heures et demie, et rien ne bouge.

— Attendons encore un peu, répondait le jeune homme. — Tiens! justement... j'entends un homme qui crie quelque chose dans la rue du Helder... Ça doit être : *Vive l'Empereur!...*

L'amazone prêta l'oreille et répondit tristement :

— Non... c'est : *Chand! d'peaux d'lapin!*

Fidèles aux instructions que leur avait données Croix-Dieu l'avant-veille, l'ex-Impératrice & le jeune *Woolwich XXXVII* étaient arrivés à Paris le matin du 4 septembre, et se promenaient à cheval sur le boulevard, attendant l'explosion de la grande manifestation annoncée.

Croix-Dieu n'avait pu les prévenir du contretemps qu'il avait subi, et pendant toute la journée du 4 septembre ils se promenèrent à cheval du Vaudeville au Gymnase, attendant toujours en vain qu'un détachement de la ligne vînt *rebombarder* en leur honneur, comme au 2 décembre 1851, la maison Sallandrouze & les marchands de coco du boulevard Montmartre.

A cinq heures du soir, las de ne rien voir venir, l'ex-Impératrice & le Prince Impérial descendirent de cheval, entrèrent dîner au bouillon Duval, qui est au coin de la rue Saint-Fiacre, et reprirent à la gare du Nord le train de 7 heures 30.

Le lendemain, ils étaient rentrés à Chislehurst où ils attendaient les événements & des nouvelles de Croix-Dieu.

Inutile de dire que l'ex-Impératrice tenait de plus en plus secret son mariage avec le comte de Verpigny, car elle commençait à craindre d'avoir été la dupe d'un habile faiseur.

Comme elle rentrait au château, elle reçut le télégramme suivant :

« Contre-temps imprévu. — Rien de perdu.
» — Petit retard seulement dans rentrée de

» fonds. — M'occupe de réparer. — Attendez » mes instructions. »

Comte de Verpigny.

Quand Croix-Dieu télégraphiait à l'ex-Impératrice que rien n'était compromis, il se trompait.

Mme de Montijo & son fils, chevauchant sur le boulevard le 4 septembre, avaient été reconnus par plusieurs personnes qui avaient donné l'alarme à la préfecture.

On groupa divers incidents qui, séparés, avaient paru insignifiants. L'éveil fut donné, et ce fut le point de départ d'une enquête sérieuse qui, plus tard, devaient se dénouer sous la rubrique célèbre de : *Rapport Savary*.

Notre mission de romancier ne nous permet pas de pénétrer plus avant dans les mystères de la politique.

Ce qu'il nous importait seulement de signaler, c'est que les événements graves dont on a tant parlé n'ont tenu qu'à bien peu de chose, et qu'il ne s'en est pas fallu de beaucoup que la France n'eût Croix-Dieu pour régent, et Sarriol pour président du Sénat.

CHAPITRE XX

L'assassinat.

Cependant Croix-Dieu s'était réveillé, le 4 septembre, bien décidé à en finir avec les deux enfants qui menaçaient sans cesse sa fortune.

Comment s'en déferait-il? Là était la question.

Les perdre dans une allée obscure était insuffisant. Ils pouvaient être recueillis, reconnus, et plus tard il pouvait les retrouver sur sa route.

Les vendre à un clown du Cirque?... Il y avait la loi récente sur les enfants des saltimbanques, qui coupait ce débouché.

Les tuer chez lui?... mais où les mettre après?...

Il résolut de les jeter à l'eau.

A cet effet, il attendit la brume et sortit emportant les deux enfants sous son pardessus.

Fiévreux, il se dirigea vers la Seine, se promena quelques instants sur le pont de la Concorde guettant le moment où il ne passerait personne, puis d'un seul coup lança les deux pauvres petits à la volée par dessus le parapet.

La nuit était presque noire, les alentours déserts, il entendit le bruit de la chute, puis plus rien...

Il rentra chez lui, le cœur soulagé d'un grand poids, décidé à aller toucher le lendemain même son mandat de 36,782,883 francs à la Banque et à frapper le grand coup.

Rien ne pouvait plus désormais faire obstacle à ses projets.

Il le croyait du moins.

Mais la Providence en avait encore disposé autrement.

Au moment où Croix-Dieu avait jeté à l'eau les deux pauvres petits enfants, ceux-ci étaient tombés tous deux sur quelque chose d'élastique qui avait amorti la chute.

Ce quelque chose, c'était le hardi capitaine Boyton qui, revêtu de son fameux costume de sauvetage, partait justement du pont de la Concorde pour se rendre à Londres à la nage.

Il reçut les deux enfants en pleine poitrine, se les attacha aux bras, et, pour ne pas retarder son voyage, partit tout de même avec cet excédant de bagages.

Le lendemain, à sept heures, ils arrivaient tous trois sains & saufs en Angleterre, aux applaudissements de la foule.

Dans les journaux du soir, Croix-Dieu put lire la dépêche suivante :

« Le hardi capitaine Boyton est arrivé vain-
» queur à Londres; il ramène de France deux
» petits enfants qui lui sont tombés dessus, au

» moment où il passait sous le pont de la Con-
» corde. Les deux enfants sauvés miraculeuse-
» ment sont à la disposition de leurs parents. »

— Malédiction!... s'écria Croix-Dieu.

Et il partit immédiatement pour Londres, dans l'espoir d'arriver assez à temps pour se faire remettre les deux enfants.

CHAPITRE XXI

Le voyage à Londres.

Après avoir mis vivement dans son sac de nuit quelques-unes de ses mains mécaniques qui lui rendaient à chaque instant de si grands services dans les circonstances difficiles, il prit, à dix heures du soir, le train pour Boulogne, d'où il comptait s'embarquer pour Folkstone le lendemain matin.

Il avait organisé son itinéraire de façon à ne pas perdre une seule minute.

Effectivement, le lendemain à huit heures il s'embarquait sur le paquebot le *Coquelin-Cadet,* un des meilleurs fileurs de la Compagnie, et qui avait été baptisé ainsi en l'honneur du vingt-cinquième anniversaire de ce charmant artiste de la Comédie-Française, né, comme on le sait, à Boulogne-sur-Mer.

Le *Coquelin-Cadet* prit le large par un temps splendide et qui promettait la plus rapide des traversées.

En voyant le ciel si bien disposé, Croix-Dieu eut un mouvement de ce même orgueil qu'avait si souvent connu Vélocipède père quand le soleil semblait resplendir tout exprès à chaque revue qu'il passait de sa garde ou à chaque attentat à la pudeur auquel il se livrait sur la France et son budget.

Après avoir passé quelques instants dans sa cabine à mettre en ordre ses petites affaires et à étudier les meilleurs moyens de se faire remettre, aussitôt son arrivée à Londres, les deux bébés par le capitaine Boyton, le comte de Verpigny éprouva le besoin de prendre un peu l'air.

Il alluma un magnifique *hautepégradorès* de trois francs soixante-quinze et monta se promener sur le pont.

Il n'y était pas depuis trois minutes, qu'il entendit derrière lui des plaintes déchirantes, entrecoupées de hoquets et de vomissements laborieux.

Croix-Dieu se retourna et vit un homme, pâle comme... un article de B. Jouvin, et porté sur une couverture par quatre matelots.

Il s'approcha de ce malheureux, qui était atteint d'un violent mal de mer.

Mais à peine avait-il regardé ce visage, convulsionné par la douleur, qu'il recula atterré, devint, à son tour, livide, et fut obligé, pour ne pas tomber, de se raccrocher au bras du capitaine du *Coquelin-Cadet,* qui arrivait pour s'enquérir de l'état de son passager malade et donner les ordres nécessaires.

En voyant pâlir et chanceler le comte de Verpigny, le capitaine fit immédiatement un signe à deux hommes de l'équipage, qui, habitués à ces sortes d'incidents, accoururent sans mot dire, assirent Croix-Dieu sur un banc et se mirent à le frictionner avec énergie, après lui avoir placé sur les genoux un petit baquet.

Croix-Dieu n'avait pas le moins du monde le mal de mer.

Ce qui lui avait causé cette défaillance, c'est qu'en s'approchant du malade que transportaient les quatre matelots, il avait reconnu...

Qui?...

Sarriol!...

Sarriol, qui, comme lui, avait lu la veille, dans le *Figaro*, que le capitaine Boyton avait ramené à Londres deux enfants sauvés par lui sous le pont de la Concorde.

Sarriol, qui s'était dit avec raison que ces deux enfants ne pouvaient être que ceux qui lui avaient été volés par le garçon de banque.

Sarriol, qui avait deviné que ce garçon de banque n'était autre qu'un émissaire de Croix-Dieu, si ce n'était Croix-Dieu lui-même.

Sarriol enfin, qui avait pris le premier train, comme Croix-Dieu, s'était embarqué sur le premier paquebot, encore comme Croix-Dieu, et se rendait, toujours comme Croix-Dieu, chez le capitaine Boyton pour y reprendre les deux bébés sur qui reposaient tous ses plans de fortune et d'ambition politique.

D'un seul coup d'œil, le comte de Verpigny avait compris toute la gravité de la situation.

Si Sarriol arrivait à temps chez le capitaine Boyton et parvenait à se faire remettre les deux enfants, tout était encore une fois perdu.

Au moment où les matelots apportaient à Croix-Dieu le baquet destiné à calmer l'horrible guerre civile qui avait son estomac pour Espagne, Croix-Dieu revenu de son évanouissement, commençait à reprendre son sang-froid.

Les deux braves marins le frictionnaient toujours avec énergie & lui disaient :

— Ne vous retenez pas, Monsieur .. rendez... cela vous soulagera.

Croix-Dieu ébaucha un mouvement de dénégation & fut sur le point de repousser le baquet et ses frictionneurs, en leur disant :

— Mais... je n'ai rien à rendre... fichez-moi la paix.

Une seconde de réflexion suffit pour lui faire comprendre combien une pareille attitude serait imprudente & pourrait avoir de conséquences fâcheuses.

Ces gens le croyaient atteint du mal de mer, cette indisposition seule pouvait expliquer la défaillance à laquelle il venait de succomber en apercevant Sarriol... s'il niait qu'il eût mal au cœur, on se dirait nécessairement :

— Mais alors... pourquoi s'est-il donc trouvé mal en voyant passer un autre passager?...

De là, des soupçons pouvaient naître... On pouvait le prendre pour un caissier en fuite, pour un malfaiteur quelconque s'étant troublé à la vue de quelqu'un qui pouvait le reconnaître.

Alors, on l'arrêterait en débarquant, ou tout au moins on examinerait plus scrupuleusement ses papiers.

Dans tous les cas, c'était un retard... et un retard pour Croix-Dieu, c'était la ruine.

Il comprit tout cela et se dit :

— Si je ne rends rien... je suis perdu.

Il réprima donc le mouvement d'impatience qui avait été sur le point de lui échapper, et, appelant à son aide tout son courage, il tenta des efforts inouïs pour ne pas faire d'affront au baquet hospitalier qui lui tendait ses anses fraternelles.

La tâche n'était pas aisée. Croix-Dieu était doué d'un viscère si solidement attaché, qu'il eû-

été plus facile de lui faire lever l'état de siége que le cœur.

Cependant il lui fallait, à tout prix, faire bon accueil aux prévenances d'un baquet susceptible qui pouvait se froisser de ses dédains.

Croix-Dieu convoqua ses souvenirs les plus lointains afin de tâcher d'en trouver un qui fût assez dégoûtant pour le faire vomir.

Tour à tour il contempla de mémoire les choses les plus écœurantes auxquelles il avait assisté pendant sa vie : le coup d'État de 1851, la dégringolade d'Alphonse Karr, le roman de Belot, *Mlle Giraud ma femme,* la collection du *Pays,* le répertoire des cafés-concerts de 1860-1870, les *Échos de Paris,* du *Figaro,* etc., etc...

Tout cela fut impuissant.

Enfin, il eut une inspiration!... Il se mit à penser au *Rabagas* de Victorien Sardou!...

Soudain le cœur de cet homme, qui n'était pourtant pas bégueule, se souleva de quarante-deux centimètres dans sa poitrine, et...

... Le baquet fut satisfait.

Aussitôt les matelots l'enveloppèrent d'une chaude couverture et le portèrent dans sa cabine en lui faisant boire un grog très-chaud.

Quand le comte de Verpigny se trouva seul, il se leva sur son séant et se prit la tête dans ses mains.

— Sarriol!... s'écria-t-il, toujours Sarriol!... il

faut à tout prix que je trouve le moyen de l'empêcher d'arriver à Londres avant moi!... comment faire?...

Croix-Dieu resta plongé dans de sombres réflexions. Plus de trois mille huit cent soixante-dix-sept plans se heurtèrent dans sa cervelle en moins de trois quarts d'heure.

Il avait beau chercher, il ne trouvait rien.

Tout à coup!... il se leva radieux. Une idée infernale venait lui traverser l'esprit, et il s'écria en se promenant à grands pas dans sa cabine de trois pieds carrés :

— Que je suis donc bête!... me débarrasser de Sarriol!... mais rien n'est plus simple!... Sarriol était évanoui... Il ne m'a pas vu et il ne sait pas que je voyage sur ce paquebot. J'ai mon idée.

Aussitôt il tira de sa malle une perruque rousse, des lunettes vertes et un faux nez, et se mit à se maquiller avec énergie.

Puis retournant à l'envers son paletot marron qui avait une doublure écossaise, il remonta sur le pont pour prendre l'air.

Le premier passager qu'il rencontra fut Sarriol, qui, remis de son indisposition, était venu se promener au frais.

Les deux hommes passèrent à côté l'un de l'autre.

Croix-Cieu, pour essayer l'effet de son travestissement, aborda Sarriol et lui dit poliment :

— Môssieu!... vôlez vo permettre à moa de offrir un cigare à vô?...

Sarriol accepta et alluma le londrès qui lui était offert. Aucun doute n'était possible; il n'avait pas reconnu Croix-Dieu.

A ce moment, le paquebot le *Coquelin-Cadet* arrivait à Folkstone.

On débarqua. Sarriol se dirigea vivement au guichet du chemin de fer et demanda un billet de première classe pour Londres.

Croix-Dieu le suivit et prit un ticket pour la même destination.

Dix minutes après, Sarriol était installé dans son compartiment, et Croix-Dieu arrivait prendre place en face de lui, en disant avec l'accent d'une véritable surprise :

— Aoh!... le hasard il était drôle de faire voyager moâ encore avec vô!... Aoh!... je étaïs trai flaitté!...

Et il offrait à Sarriol un second londrès que celui-ci accepta avec empressement.

Le voyage se fit sans encombre.

Sarriol avait à côté de lui une jeune miss très-gentille et d'allure assez décidée, quoique de tenue fort convenable.

Plusieurs fois, Sarriol avait essayé de lier

conversation avec sa charmante voisine, qui lui avait répondu assez sec.

Croix-Dieu, lui, avait feint de s'endormir, et du coin de l'œil observait cette petite scène de laquelle il comptait bien tirer parti lorsque le moment serait venu.

Ce moment ne se fit pas attendre.

Le train approchait de Londres.

Croix-Dieu guetta le dernier tunnel avant l'arrivée, et saisissant le moment où le train s'engageait dessous, plongeant le wagon dans une complète obscurité, il fouilla doucement dans son sac de nuit et en tira une de ses mains postiches (modèle n° 29), celui qui lui avait servi lors de la fameuse double nuit de noces que nous avons racontée naguère.

On se rappelle que ces mains, articulées d'une façon toute spéciale, et munies d'un ressort *ad hoc,* avaient la faculté d'agiter leurs doigts comme pour un pincement réitéré.

C'était une de ces mains que Jobin avait saisie le lendemain de l'assassinat de la comtesse de Verpigny & de la duchesse de Croupignac, et que dans sa perspicacité de policier il avait classée dans sa collection avec cette étiquette :

« *Main de laquelle Croix-Dieu doit se servir*
» *pour prendre une prise dans une tabatière.* »

Le tunnel était long, Croix-Dieu le savait par son Guide-Conty; aussi ne se pressait-il pas.

Tranquillement, il remonta le ressort de cette main. Dans l'obscurité, les autres voyageurs entendirent bien le bruit que faisait la clé, mais ils ne s'en occupèrent pas davantage et se contentèrent de sourire en pensant :

— Il n'y a qu'un Anglais pour avoir l'idée de remonter son chronomètre sous un tunnel!...

Quand Croix-Dieu eut terminé son opération, il se pencha tout doucement et prit un des gants de Sarriol que celui-ci avait déposé sur la banquette, à côté de lui; puis il introduisit dans ce gant la main mécanique qu'il avait préparée.

Tout cela était fait lentement, minutieusement et dans un silence complet.

Lorsque la main fut gantée, il se repencha de nouveau et la glissa sur la banquette qui lui faisait vis-à-vis, entre Sarriol & la jeune miss, puis se renversa en arrière et se mit à ronfler.

Trois secondes ne s'étaient pas écoulées que le bruit d'une gifle colossale retentissait dans le compartiment.

Ce soufflet... qui donc l'avait donné?

— C'était la jeune miss, furieuse.

— Qui l'avait reçue?...

— Son voisin Sarriol!...

Pendant que d'une main la jeune miss indignée confirmait énergiquement son voisin, de l'autre elle saisissait avec vigueur — quoique à tâtons — la main mécanique que Croix-Dieu venait de déposer quelques instants auparavant près de Sarriol.

Croix-Dieu, lui, ronflait toujours, mais il ne dormait pas.

Aussitôt qu'il avait entendu le bruit du soufflet, il avait allongé de nouveau le bras pour reprendre sa main à remontoir.

C'était alors qu'il avait rencontré de la résistance, la jeune miss s'étant emparée de cette main qu'elle ne voulait pas lâcher.

Croix-Dieu tira de toutes ses forces, et s'arrangea de façon à ce que la main vînt à lui en laissant le gant qui la recouvrait entre les doigts de la jeune miss courroucée.

Cela réussit à souhait.

Lorsqu'il fut rentré en possession de sa main, il la replaça silencieusement dans son sac de nuit et fit semblant de se réveiller brusquement.

A ce moment, on sortait du tunnel.

Croix-Dieu, feignant alors une violente surprise, dit à la jeune miss :

— Aoh !... mademoiselle !... pourquoi vô gifler cette jeune homme ?... Qu'est-ce qui prenait à vô ?...

— Ce qu'il me prenait à moâ ?... vô le demandez !... aoh !... Schoking !...

Sarriol, atterré de cette accusation, se démenait comme un candidat bonapartiste dans une élection de grande ville, protestait et jurait ses grands dieux que pendant toute la traversée du tunnel, il avait tenu ses deux pouces passés dans les emmanchures de son gilet.

La jeune miss, rouge comme le nez de M. de Lorgeril, criait, bondissait, grinçait, traitait Sarriol d'insolent... de goujat... de polisson...

Tout le compartiment était en émoi.

On arrivait à la gare de Londres.

La jeune miss appela le chef de gare par la portière et désignant Sarriol, lui dit :

— Je prie vô de faire arrêter ce monsieur qui avait insulté moâ...

— A quel endroit, madame? reprit l'employé.

— Sous le tunnel, répondit la jeune miss.

Sarriol ne savait plus où il en était.

— Mais, monsieur, je vous prie de croire, disait-il, que je n'ai rien dit à mademoiselle... C'est une erreur... tout le temps du voyage je pensais à ma mère!...

La jeune miss persistait dans ses accusations ; mais tout à coup elle s'écria en brandissant le gant qui lui était resté dans les doigts :

— Tenez, voyez, monsieur, si je mentais... je avais encore le gant que je avais arraché de la main de monsieur à l'instant...

Croix-Dieu souriait avec délices.

Sarriol était littéralement pétrifié.

Le gant jaunâtre que tendait la jeune miss au chef de gare était effectivement le même que celui que Sarriol avait à la main gauche.

La preuve était accablante.

Tous les voyageurs du compartiment poussèrent un grognement d'indignation.

Croix-Dieu lui-même descendit du wagon en disant à Sarriol d'un ton méprisant :

— Oh!... jeune homme... la conduite de vô... il était indigne d'un gentleman!... Je regrettai fort de avoir parlé à vô pendant le trajet!... Aoh!... la vilaine acchionne!... aoh!...

Convaincu de la culpabilité de Sarriol, le chef de gare le remit immédiatement à deux constables qui le conduisirent au poste.

C'était tout ce que demandait Croix-Dieu, qui partit d'un pas léger.

Cependant cet homme, qui était pourtant le sang-froid en personne, ne put résister au désir de savourer son triomphe.

En partant, il passa à côté de Sarriol que l'on emmenait et lui dit à voix basse en ricanant :

— Bonne nuit, Sarriol!...

C'était une faute!... mais l'orgueil de la victoire avait été plus fort chez Croix-Dieu que la sagesse & la prudence.

Sarriol reconnut cette voix exécrée et devina tout.

Il suivit docilement les policemen, rêvant en chemin au moyen de réparer les fâcheux effets de ce contre-temps.

CHAPITRE XXII

Le capitaine Boyton.

Comme nos lecteurs doivent le penser, Croix-Dieu, une fois délivré de Sarriol, ne perdit pas une minute et se rendit en toute hâte chez le capitaine Boyton.

Arrivé chez l'infatigable nageur, il alla droit au fait et se jeta à son cou en le remerciant d'avoir sauvé les deux enfants qui lui étaient si chers, disait-il, et que l'imprudence d'une nourrice, distraite de ses devoirs par un sapeur subversif, avait fait culbuter par-dessus le pont de la Concorde.

La fable était assez bien imaginée, et le capitaine Boyton ne fit aucune difficulté pour remettre au comte de Verpigny les deux enfants qu'il avait recueillis dans la Seine.

Cependant — les femmes sont toujours plus prévoyantes que nous — mistress Grognon, la gouvernante du capitaine Boyton, fit observer à celui-ci qu'il ne pouvait remettre ainsi deux enfants à un étranger sans s'assurer s'ils étaient bien à lui.

Le capitaine Boyton se rendit à ce sage avis et demanda au comte de Verpigny la preuve que les deux bébés lui appartenaient.

— Oh! mon Dieu!... illustre amphibie!... répondit Croix-Dieu de l'air le plus dégagé, c'est excessivement simple!... je suis le tuteur de ces deux pauvres orphelins... Parti très-précipitamment de Paris et dans la cruelle impatience où j'étais de revoir ces chers trésors, je n'ai pas pris de papiers... mais un mot lèvera tous vos scrupules. Déshabillez ces enfants et vous verrez que l'un d'eux est tatoué de cette inscription :

« *Je meurs assassinée par Croix-Dieu! Cet enfant est mon fils.* »

DINAH GAVARD.

« *C'est vrai!* .. »

OCTAVE GAVARD.

Tandis que sur l'autre vous lirez en rouge vif :

« *Ayez soin de cette enfant qui est la nôtre.* »

SAN REMO-GERMAINE.

Le capitaine Boyton ôta la chemise des deux bébés, y lut en effet ces deux phrases, et trouvant la preuve suffisante, les remit séance tenante à Croix-Dieu.

Celui-ci couvrit de baisers les chers petits et prit congé du capitaine Boyton, après l'avoir de nouveau remercié avec effusion.

Enfin!... il les tenait donc encore une fois entre ses mains, ces obstacles fantastiques qui, depuis plus de trois semaines, se dressaient à chaque instant devant lui!

Il mit les deux enfants sous son bras, se fit rapidement reconduire à la gare du chemin de fer, où il prit son billet pour Folkstone.

— Ce soir, se disait-il, je serai réembarqué pour Boulogne, demain j'arriverai à Paris. Sarriol peut courir maintenant... Je tiens la corde!...

CHAPITRE XXIII

Sarriol prépare sa revanche.

Pendant que ces événements décisifs s'accomplissaient, qu'était devenu Sarriol?...

Arrêté sur la plainte de la jeune miss et conduit chez le commissaire de police de la gare de Londres, il s'était défendu de son mieux et avait protesté de son innocence.

Et après une verte semonce du magistrat avait été mis en liberté.

Cette aventure ne l'avait pas moins mis en retard de trois heures.

Sarriol comprit que Croix-Dieu, après l'avoir fait coffrer avec tant de machiavélisme, avait dû nécessairement mettre à profit ce délai, et qu'il était complétement inutile qu'il allât se casser le nez chez le capitaine Boyton à la recherche des deux enfants qui certainement étaient enlevés par son ancien complice depuis le matin.

Sarriol, non moins que Croix-Dieu, était un garçon de ressources & de coup d'œil.

Il rentra en lui-même et chercha un moyen de prendre sa revanche.

Outre que la perte des deux enfants ruinait de fond en comble toutes ses espérances, il était profondément atteint dans son orgueil de gredin par le tour au moyen duquel Croix-Dieu l'avait jobardé.

Sarriol était un profond scélérat, mais il avait l'amour de son art.

Et l'idée de rouler Croix-Dieu à son tour lui était pour le moins aussi douce que la perspective des richesses & de la puissance qu'il contemplait depuis si longtemps.

— Evidemment, se disait-il, à l'heure qu'il est, Croix-Dieu s'est fait remettre les deux mioches par le capitaine Boyton — courir après serait de la folie — il a trop d'avance!... Attendons-le, c'est plus sûr... Sans aucun doute, il va revenir s'embarquer à Folkstone, avec son précieux chargement, pour rentrer en France... Que je sois sur le même paquebot que lui... et je me charge du reste.

Alors Sarriol, sans perdre une minute, s'était rendu à la gare, avait pris son billet pour Folkstone, où il était arrivé, précédant de deux heures le train qui devait ramener de Londres Croix-Dieu & les deux enfants.

En descendant du chemin de fer, Sarriol se fit indiquer dans le quartier l'adresse d'un marchand fripier et s'y rendit immédiatement.

Qu'allait-il faire chez ce fripier?...

C'est ce que nous ne tarderons pas à savoir.

CHAPITRE XXIV

La nounou.

Ainsi que nous l'avons vu, aussitôt que le comte Verpigny s'était fait remettre, par le capitaine Boyton, les deux enfants dont la suppression devait assurer la réussite de ses projets, il avait repris le premier train de Londres à Folkstone.

Quelques heures après, il s'embarquait à bord du paquebot le *Coquelin-cadet,* le même qui l'avait amené la veille, et repartait pour Boulogne.

Croix-Dieu prit une cabine pour lui & les deux enfants.

Dans la hâte qu'il avait d'en finir avec ces deux rejetons intempestifs, il fut sur le point de les étouffer séance tenante & de les jeter à la mer, en saisissant un moment où il n'y aurait personne sur le pont.

Mais il réfléchit que sur un navire la chose pourrait être dangereuse.

Si, par malheur, il était vu, ou seulement soupçonné, le capitaine du *Coquelin-cadet* ne manquerait pas de le signaler aux autorités françaises lors du débarquement.

Il différa donc & calma de son mieux, avec de petits morceaux de sucre, les deux bébés qui commençaient à pousser de véritables beuglements.

Au bout d'un quart d'heure la situation de Croix-Dieu était devenue complétement intolérable.

Tous les passagers le regardaient en souriant faire des efforts inouïs pour calmer, en les balançant sur ses genoux, les bébés qui, à eux deux, avaient trouvé le moyen de pleurer de quatre côtés à la fois.

Le faux comte de Verpigny, cet homme qui pourtant ne craignait ni Dieu ni diable, était entièrement accessible à la peur du ridicule.

Aussi, voyant tout le monde rire de lui sur le navire, en arriva-t-il très-vite à ce degré de décontenancement où un homme paierait de la moitié de sa fortune le moindre trou où il pût s'isoler & n'être plus vu par personne : un fauteuil au Vaudeville, par exemple.

Au plus fort de la crise, au moment où les deux bébés n'avaient plus de secrets pour le pantalon fond blanc sur les genoux duquel Croix-Dieu les avait assis, des cris de douleur retentirent dans une cabine.

Cela fit diversion. Tout le monde se précipita vers l'endroit d'où partaient ces plaintes.

Le capitaine du *Coquelin-Cadet* s'y dirigea lui-même en toute hâte pour s'enquérir de la cause de tout ce bruit.

Croix-Dieu, resté seul sur le pont, voulut profiter de ce répit pour tenter de reconquérir un peu de tranquillité.

Il administra à chacun des deux enfants une fessée terrible dans l'espoir de les faire taire.

Cette correction produisit l'effet absolument contraire. Ils se mirent à pousser des cris épouvantables.

A ce moment, quatre matelots remontèrent sur le pont, portant dans leurs bras une grosse femme aux appas rebondis, qui, elle aussi, hurlait de toutes ses forces en se débattant.

C'était elle qui, quelques instants avant, avait causé tout cet émoi.

On l'installa sur une chaise au grand air ; on lui mouilla les tempes, on lui frappa dans le creux des mains.

Enfin, elle revint à elle et le médecin du *Coquelin-Cadet*, que l'on avait fait prévenir, accourut en toute hâte.

— Qu'éprouvez-vous, ma brave femme ? lui demanda-t-il en lui tâtant le pouls pendant qu'un aide la délaçait.

— Ah !... mon bon monsieur, que je souffre !... répondit-elle en se tortillant... Tout mon lait s'en va...

Et en disant cela, elle porta les deux mains de chaque côté de sa poitrine, qu'elle comprima avec violence.

Alors des deux seins de la pauvre femme s'échappèrent deux jets d'un lait superbe qui vinrent inonder tous les gens qui faisaient le cercle autour d'elle.

Et comme cela paraissait l'avoir un peu dégagée, le capitaine & le docteur du *Coquelin-Cadet* la questionnèrent sur sa position.

Elle raconta d'une voix entrecoupée qu'elle était nourrice sur lieux chez un négociant de Folkstone, qui l'avait renvoyée sans pitié la veille parce qu'elle avait été au bal & avait déposé son nourrisson au vestiaire pendant toute la nuit.

Elle dit qu'elle habitait d'ordinaire à Paris, chez son père & sa mère, qui étaient concierges rue de Vaugirard; qu'elle était bien malheureuse, très-malade, et qu'elle voudrait bien trouver un nourrisson ou deux pour la soulager pendant son voyage.

En racontant tout cela, des larmes dans la voix, la pauvre fille se comprimait violemment la poitrine.

Et à chaque mouvement, son lait jaillissait avec une force inouïe de ses deux mamelles, inondant le pont du navire.

Tous les passagers étaient attendris.

Pendant ce temps, le comte de Verpigny s'était rapproché du groupe & avait entendu la fin du récit de la pauvre nounou sans portefeuille.

— Pardieu! se dit-il, c'est le Ciel qui m'envoie cette pauvre fille... Elle va joliment me débarrasser.

Et, fendant la foule, il s'approcha de la nourrice & lui demanda si elle voudrait se charger de ses deux jeunes enfants.

— O mon doux Jésus!... s'écria-t-elle, en saisissant les deux bébés qu'elle appliqua sur chacun de ses seins... oh! mon bon monsieur!... vous me sauvez la vie!... Je me charge des deux pauvres petits... soyez tranquille, ils ne manqueront de rien...

En effet, les deux enfants se mirent à téter avec une vigueur couronnée du plus grand succès.

Ils tétèrent pendant une grande demi-heure.

La nounou paraissait inépuisable.

Tous les passagers lui disaient :

— Nounou... reposez-vous un peu... ils vont vous épuiser.

— Ah! pardine! répondait-elle... il n'y a pas de crainte!... ils n'ont pas besoin de se gêner.

Le fait est qu'elle avait raison... Quelques instants après, les deux bébés, gavés jusqu'au nez, renoncèrent au sein & s'endormirent tranquillement, pleins comme des omnibus, sur les genoux de leur nouvelle nourrice.

8.

Croix-Dieu, lui, était aux anges d'avoir trouvé une si bonne occasion de se décharger des deux enfants jusqu'à son arrivée à Paris.

Il embaucha, séance tenante, la nourrice à l'année et lui donna immédiatement deux cent cinquante francs en or pour six mois d'avance.

Tous les passagers étaient ravis de tant de générosité.

La nounou semblait enchantée.

CHAPITRE XXV

La traversée.

La traversée s'acheva sans encombre; le comte de Verpigny avait mille attentions délicates pour la nourrice.

Et celle-ci, de son côté, s'acquittait au mieux de ses nouvelles fonctions.

Quand le paquebot le *Coquelin-Cadet* arriva à Boulogne, les deux bébés étaient en parfait état.

Le train pour Paris devait partir deux heures après. Croix-Dieu emmena la nourrice faire un excellent repas dans un des meilleurs restaurants des environs de la gare.

La maman nounou mangea comme huit, but comme douze & se fit même offrir trois superbes cigares & cinq verres de chartreuse jaune, prétextant que le tabac & les liqueurs étaient très-bons pour son lait.

Le comte de Verpigny ne pouvait rien refuser à une nourrice si opulente. Depuis qu'elle s'était chargée de soigner les deux enfants, ceux-ci n'avaient pas bougé & semblaient s'accommoder à merveille de leur régime.

Le dîner achevé, on revint à la gare, où

Croix-Dieu prit deux billets de première classe pour lui & la nourrice.

A sept heures vingt cinq minutes, ils montèrent en wagon.

C'était un train express ; le voyage fut court et tranquille.

Maman nounou s'était installée sur un des coussins avec ses deux bébés, qu'elle allaitait ensemble avec une facilité étonnante.

Croix-Dieu était littéralement émerveillé de la quantité de lait que fournissait cette fille.

La nourrice, exploitant largement les immunités attachées à sa profession, prenait ses aises, s'étendait sur la banquette de derrière — celle où le vent n'arrivait pas — allongeait ses deux jambes sur les coussins qui lui faisaient face, mettant sans façon ses pieds sur les genoux de Croix-Dieu quand elle éprouvait le besoin de changer de place.

Croix-Dieu était bien un peu gêné de ces façons, mais il prenait patience et faisait semblant de dormir dans son coin, pensant que le trajet ne serait pas long, et qu'en arrivant à Paris, il reprendrait les deux enfants & congédierait la nourrice, dont il n'aurait plus besoin.

Cependant, un moment il se sentit par trop importuné du sans-gêne de la nounou, qui venait, en s'allongeant, de lui flanquer un grand coup de pied dans l'estomac.

Il risqua une observation.

— Sapristi ! maman nounou... il me semble que vous pourriez mettre vos pieds autre part que dans la poche de mon gilet !... dit-il avec un peu d'humeur.

Mais la nourrice ne paraissait pas femme à abandonner sans les défendre de précieux priviléges.

Et elle répondit d'un ton sec :

— Dites donc, vous!... quand on n'est pas capable de se gêner un peu pour ses enfants, on n'en fait pas!... Est-ce que vous croyez que je m'amuse ici ?...

— Mais enfin... maman nounou ! hasarda le comte de Verpigny.

— Il n'y a pas de : mais enfin !... riposta vertement la nourrice. Et puis, tenez... je n'y tiens pas plus que ça, à vos deux marmots... Ils boivent comme des trous !... donnez-leur à teter vous-même... père dénaturé.

Et, en disant cela, l'irascible nourrice enlevait violemment de son sein les deux enfants, qui pompaient avec avidité sans s'occuper des lois constitutionnelles, et les colloqua sur les genoux de Croix-Dieu.

Les deux bouches des bébés étaient attachées si fortement aux deux seins de la nourrice que lorsque celle-ci les enleva brusquement, un double claquement, qui rappelait le débouchage de deux vieilles bouteilles de bordeaux, se fit entendre et réveilla en sursaut les voyageurs du compartiment.

En même temps, les deux nourrissons, très-contrariés d'avoir été sevrés si inopinément, se mirent à beugler comme des ex-fonctionnaires bonapartistes que la République retire de son budget après s'être aperçue qu'elle les y avait gardés trop longtemps.

Croix-Dieu était horriblement gêné et regrettait un mouvement d'impatience.

Ce que voyant, la nourrice se mit à exploiter avec canaillerie, en ameutant contre lui tous les voyageurs du wagon.

— Comment... criait-elle à Croix-Dieu, vous n'êtes pas honteux de martyriser ainsi de pauvres petites créatures!... Faut-il que vous soyez sans cœur !

Puis s'adressant aux voisins :

— Figurez-vous, messieurs, que ce père sans entrailles aime mieux voir souffrir ses enfants que de me laisser allonger mes jambes, sous prétexte que ça le dérange.

Naturellement, tout le monde donna tort à Croix-Dieu, qui fut obligé de supplier la nourrice de reprendre les deux enfants.

Il promit qu'il ne se plaindrait plus, et passa ses deux jambes par la portière pour ne pas gêner la nounou.

La nounou céda en disant d'un ton bourru :

— C'est bien pour les deux petits, allez!... grand propre à rien !

Et elle profita de l'occasion pour se faire offrir au prochain buffet une tranche de galantine de volaille, une bouteille de vieux mâcon et deux cigares à quinze sous qu'elle fuma tranquillement après être remontée en wagon.

Elle poussa même la tyrannie jusqu'à empêcher Croix-Dieu d'allumer une cigarette, prétextant que la fumée des autres faisait tourner son lait.

Le comte de Verpigny vidait jusqu'au fond ce calice d'humiliation.

On n'était plus qu'à cinq quarts d'heure de Paris. Cela le soutenait.

Enfin le train arriva à la gare du Nord.

Maman nounou descendit du train en compagnie de Croix-Dieu, qui l'emmena rapidement dans la salle des Pas-Perdus, l'installa sur un banc avec ses deux bébés, en lui disant :

— Attendez-moi là une minute, je vais ramener une voiture qui nous conduira chez nous.

Et il courut chercher un fiacre.

CHAPITRE XXVI

Vengeance de Sarriol.

A peine Croix-Dieu avait-il tourné les talons que la nourrice tirait vivement de sa poche un carnet et un crayon.

A la hâte, elle écrivit quelques mots sur un des feuillets, arracha ce feuillet et appela un des facteurs du bureau des bagages qui stationnait là.

— Mon ami, lui dit-elle, en lui remettant le papier et une pièce de vingt sous, vous avez vu ce monsieur qui vient de partir chercher une voiture.

— Oui, nounou... un grand brun.

C'est cela... Eh bien, je suis obligée de m'absenter un instant; quand il va revenir me chercher, ayez la bonté de lui remettre ce billet.

— Très-bien, ça sera fait.

— Ah!... attendez un peu... en même temps, vous lui remettrez aussi ceci.

Et en prononçant ces dernières paroles, la nourrice passait ses deux mains sous son corsage et en retirait deux énormes ballons en caoutchouc à demi dégonflés, qu'elle tendait au facteur, ahuri de voir pour la première fois de sa vie une nourrice qui se démontait.

La nounou profita de cet instant de surprise

et s'esquiva, emportant ses deux bébés, plus la valise, la couverture de voyage et un numéro du *National*, que le comte de Verpigny lui avait laissés à côté d'elle en allant à la recherche d'une voiture.

Elle traversa rapidement la place de la gare, entra dans le bureau d'omnibus qui est en face, et prit un numéro pour la ligne de Vaugirard avec correspondance.

Deux secondes après, le comte de Verpigny accourait dans la salle des Pas-Perdus, où il avait laissé la nourrice.

Il marchait très-vite et avait à la main un numéro de voiture de place.

C'était le n° 2875, mais ç'aurait pu en être un autre sans inconvénient.

Arrivé au banc où il croyait trouver la nounou et ses nourrissons, il ne vit rien.

Il crut qu'il se trompait d'endroit et allait chercher un peu plus loin, quand le facteur des bagages l'aborda poliment, sa casquette à la main :

— Monsieur cherche sa nourrice probablement ?

— Oui...

— Eh bien, la nourrice de monsieur s'est absentée pour quelques instants.

Croix-Dieu ne parut pas autrement surpris. Il sourit même en se disant à part lui :

— Ce n'est pas étonnant, six heures de wagon... ces pauvres femmes... la société ne fait rien pour elles!...

Mais le facteur reprit :

— Et elle m'a chargé de remettre à monsieur... ce billet et... ceci.

En disant ces mots le facteur donnait à Croix-Dieu, surpris, le billet et les deux ballons en caoutchouc.

— Qu'est-ce que c'est que ça?... dit le comte de Verpigny.

— Je ne saurais dire à monsieur... la commission est payée; j'ai bien l'honneur de saluer monsieur.

Et le facteur alla reprendre son service au bureau des bagages.

Resté seul, Croix-Dieu se mit à examiner avec un certain effarement les deux boules que le facteur venait de lui remettre.

Il les tournait, les retournait en se demandant ce que cela pouvait bien être, quand tout à coup un jet de liquide blanc lui arriva en pleine figure.

Il goûta sans le vouloir et reconnut que c'était du très-bon lait.

C'était un des ballons en caoutchouc qu'il avait pressé en le retournant dans ses doigts, et qui, troué à un endroit, lui avait lancé ce lait en plein visage.

Croix-Dieu, surpris, mais ne comprenant rien encore à pareille chose, saisit le second ballon, l'examina attentivement, le pressa comme il avait fait du premier.

Un jet de lait partit également de cette seconde boule et lui traversa toute la jambe gauche de son pantalon.

Ce ballon était troué comme l'autre.

Ce n'était donc pas un hasard.

Un horrible soupçon traversa l'esprit du comte de Verpigny.

Ce ne fut qu'à ce moment qu'il pensa à décacheter le billet que le facteur des bagages lui avait remis de la part de la nourrice.

Fiévreux, il mit les ballons en caoutchouc sous chacun de ses deux bras pour avoir les mains libres, et ouvrit ce pli mystérieux.

Quelle ne fut pas sa stupeur en y lisant ces lignes :

« Ma vieille branche,

» Tu m'as roulé de Folkstone à Londres.

» Je t'ai roulé de Boulogne à Paris.

» Manche à manche.

» Je te fais remettre par le facteur des bagages,
» en même temps que cette lettre, les deux réser-
» voirs de la maternité qui ont allaité tout le
» long du chemin les deux petits.

» Il y avait pour trente-cinq sous de lait dedans, mais je ne regrette pas mon argent!...

» Tout à toi,

» SARRIOL. »

A peine avait-il achevé la lecture de ces lignes que Croix-Dieu eut une contraction violente. Il se laissa tomber sur le banc, serrant convulsivement, sans s'en douter, les deux ballons en caoutchouc qu'il avait placés sous ses bras, et qui, ainsi comprimés, lançaient des jets de lait à travers la figure et les jambes de tous les passants étonnés.

Au bout de quelques instants, Croix-Dieu, ayant enfin repris ses sens, put se traîner péniblement jusqu'à son fiacre, où il monta en donnant son adresse au cocher.

Cet homme de fer se sentait littéralement broyé.

Les deux enfants qu'il avait reconquis avec tant de peine, lui échappaient encore une fois, faisant crouler autour de lui ce laborieux échafaudage, du faîte duquel il avait caressé l'espoir de s'élancer sur le trône de France.

Croix-Dieu eut une minute de véritable découragement.

Mais, nous l'avons vu, cet homme était d'une trempe peu commune, et l'instant qui suivit cette terrible angoisse le retrouva plus ferme et plus impétueux que jamais.

Quant à Sarriol, nos lecteurs sont trop intelligents pour nous obliger à leur raconter en détail ce qui lui était arrivé depuis le moment où, joué par Croix-Dieu dans le train de Folkstone à Londres, il avait si habilement pris sa revanche à la gare du Nord de Paris.

Dans un des chapitres précédents, nous l'avons laissé à Folkstone, ruminant sa vengeance et entrant chez un marchand fripier.

Chez ce fripier, il avait acheté & endossé à la hâte un costume de nourrice.

De là, il s'était rendu chez un marchand de caoutchouc, avait pris deux ballons énormes auxquels il avait fait un petit trou avec son canif.

Puis, étant entré dans une crêmerie, avait fait remplir d'un excellent lait ces deux outres et se les était appliquées sous sa camisole, de chaque côté de la poitrine.

C'est alors qu'il s'était embarqué sur le paquebot le *Coquelin-Cadet* en même temps que Croix-Dieu, et avait joué, jusqu'au débarcadère du chemin de fer, à Paris, la comédie que l'on sait.

CHAPITRE XXVII

Le retour d'Os-à-Moelle.

Nous avons laissé le comte de Verpigny rentrant, tout décontenancé, chez lui, après s'être laissé soulever avec tant de naïveté par Sarriol, déguisé en nourrice, les deux enfants qu'il avait été chercher à Londres, chez le capitaine Boyton.

Il y a dans la vie des jours malheureux.

En arrivant à son logis, Croix-Dieu eut à subir une déconvenue autrement grave.

Au moment où il prenait sa clé chez le concierge, celui-ci lui remit une lettre cachetée de rouge.

L'examen sommaire de l'enveloppe apprit au comte de Verpigny que cette missive arrivait de Chislehurst.

Aussi eut-il, en la recevant, un léger froncement de sourcil, et murmura-t-il en gravissant l'escalier :

— Je suis sûr que c'est Eugénie qui se fâche !... Quel crampon !...

En cette circonstance, la perspicacité de Croix-Dieu n'avait réellement rien de bien merveilleux.

On se souvient que, d'après ses instructions, l'ex-impératrice, accompagnée du petit VÉLOCIPÈDE IV, était venue chevaucher sur les boulevards pendant toute la journée du 4 septembre précédent, attendant un soulèvement bonapartiste, qui avait complétement raté par suite du non encaissement par Croix-Dieu, à la Banque de France, de son mandat de 36 millions 782,883 fr. 17 centimes.

Il n'était pas difficile de deviner que l'ex-impératrice devait être furieuse de ce contre-temps, surtout quand on se rappelle, par dessus le marché, que, confiante dans les promesses du comte de Verpigny, elle lui avait donné sa main par un mariage secret, et que, comptant sur ce nouveau conseiller, elle avait remercié assez vertement tous ceux qui, depuis près de cinq années, lui promettaient sans cesse des appels au peuple qui ne se réalisaient jamais que sous forme d'appels de fonds.

Croix-Dieu avait donc deviné juste.

Arrivé dans sa chambre, il ouvrit sa lettre après avoir fermé sa porte pour éviter les courants d'air.

Et il lut, sans surprise, ce qui suit :

« Monsieur !...

» Il m'est tout à fait impossible de m'expliqué
» votre conduite incalifiable.

» Comment !... vous vené me trouvé à Chisle-
» hurst pour m'offrire de rétablir l'Empire !...
» Vous me dites que vous avez les fonts néces-

» saires... que vous disposé d'une grande assau-
» ciassion secraite prete à faire le cou... Enfin un
» tas de choses saiduisante... Confiante dans
» votre parole de jeantilhomme, je consens à
» notre union... Je vous donne plain pouvoirs
» pour agire... Je vous garantit la regeance...
» Et au moment où cela doit éclaté, vous lâchez
» tout...

» Le quatre saiptembre, je vous ai attendus
» avec Louis toute la journée sur les boulevarres,
» et nous avons été forcé de reprandre le train
» sans avoir rien vu qui ressemble à un mouve-
» ment bonapartistes qu'un accidens d'omnibus
» au coin de la rue Taitbout.

» Vous me dite dedans votre dépaiche que
» vous avez eu un retart dans votre rentré d'ar-
» gent & que cela va s'arrangé.

» Je commence à croire que ce son là un tas
» de balenssoires & que vous avé voulu abuser
» de ma craidulité.

» Je ne peut pas resté dans cette position
» fausse... J'ai remerciés tous mes consailliers
» pour vous chargé de la direction du mouvement
» bonapartistes... Et vous n'aites pas plus malin
» qu'eusses. Ce n'était pas la pène de changé.

» Si vos beaux projets n'aboutisse pas, je vous
» prévien que je suis résolus à faire un exclandre...
» Je demanderais aux tribunaux de casser notre

» mariage & je prendrais mes dispositions autre-
» man.

» On ne se jout pas ainsi de la bonne foie » d'une femme qui a créé les « *Suivez-moi, jeune* » *homme!* » dont la France a été si glorieuse » pandan dix sette annés.

» Je vous salut,

» EUGÉNIE. »

Après la lecture de cette lettre furieuse & menaçante, le comte de Verpigny retomba dans le découragement.

Décidément, tout craquait autour de lui.

Si dans vingt-quatre heures il n'avait pas trouvé le moyen de reprendre les deux enfants qui lui avaient échappé tant de fois & de les anéantir, c'en était fait de son avenir.

Symptôme plus alarmant : la commission des lois constitutionnelles touchait au terme de ses travaux. Encore quelques jours, et la République pouvait être consolidée, ce qui rendrait beaucoup plus difficile un coup de main impérialiste.

Il n'y avait plus une minute à perdre.

Croix-Dieu allait se remettre à machiner quelque nouvelle intrigue pour attirer Sarriol dans un guet-apens & lui ravir les deux enfants, quand un violent coup de sonnette retentit à la porte de son logement.

Une minute après, son domestique arrivait affolé.

— Il y a là, dit-il, un gros homme masqué qui demande à parler à monsieur.

— Son nom, répondit Croix-Dieu, avec impatience.

— Os-a-moelle, reprit le valet.

— Os-a-moelle!... s'écria le comte de Verpigny en se laissant tomber sur un fauteuil!... Aïe!... il ne me manquait plus que cela!...

Nos lecteurs se souviennent, sans doute, que cet Os-a-moelle, le chef redouté de la section parisienne des *Jaguars de la rue Maubuée*, avait été envoyé par Croix-Dieu à Berlin, au moyen d'une lettre fausse dans laquelle le grand maître de l'Internationale desdits *Jaguars* le demandait en toute hâte pour une grande conspiration et lui enjoignait de charger par intérim le F:r::è.·.r·.·e!... comte de Verpigny du commandement de sa section à Paris.

Os-a-moelle avait été, naturellement, se casser le nez à Berlin, où le grand maître de l'Internationale des *Jaguars de la rue Maubuée* lui avait dit qu'il ne lui avait envoyé aucune lettre, aucune instruction & que très-certainement il était dupe d'une formidable mystification des orléanistes.

Os-a-moelle était revenu furieux à Paris dans l'intention formelle de casser à l'auteur de cette mauvaise plaisanterie le plus de reins possible.

Et c'était dans ces bienveillantes dispositions qu'il avait monté l'escalier de Croix-Dieu.

Celui-ci comprit qu'il n'y avait pas à tenter d'esquiver l'entretien & il donna à son domestique l'ordre d'introduire immédiatement Os-a-moelle.

Os-a-moelle entra sans prononcer une parole, tira de sa poche son étui à pipe, en fit claquer trois fois le ressort, et fit le geste d'avaler un verre de vin.

C'était le salut conventionnel des membres de l'association des *Jaguars de la rue Maubuée.*

Puis il attendit debout, sans quitter son masque.

Alors Croix-Dieu, sans se déconcerter, répondit à ce signe de ralliement en déboutonnant trois boutons de son gilet & en découvrant le bout de la crosse d'un revolver passé dans sa ceinture.

C'était un autre salut réglementaire chez les jaguars ; le salut d'un inférieur à son chef.

Sur un signe de Croix-Dieu, son domestique sortit & Os-a-moelle commença :

— Tu es un traître !... tu m'as envoyé à Berlin, où je n'étais pas attendu !... Fais ta prière !... Je vais te casser la gueule !...

Et Os-a-moelle retira sa redingote qu'il jeta sur un canapé.

Os-a-moelle, nous l'avons dit, était d'une force musculaire prodigieuse ; de plus, un vrai lapin, et le comte de Verpigny le savait de reste.

Il n'y avait donc pas à songer à accepter la conversation sur le ton que le terrible jaguar avait choisi.

D'ailleurs, telle n'était pas l'intention de Croix-Dieu, à qui une minute de réflexion avait suffi pour concevoir un plan infernal, qui devait d'un seul coup renverser tous les obstacles placés entre lui & la régence.

— Frère!... répondit-il d'un ton sincère... Frère... ma vie est à l'association, je ne la défendrai pas contre toi qui es mon chef!... Aussi coupable que je puisse te paraître, j'ai pourtant agi en cette circonstance dans l'intérêt de la cause qui nous est chère... & je te le prouverai à toi & à tous les jaguars de la rue Maubuée, réunis en conseil suprême.

Os-a-moelle était d'une vigueur physique extraordinaire; mais il était bouché comme une carrière libérale.

Cet hercule avait à la fois la force d'un déménageur & la bêtise d'un calicot.

Les paroles ronflantes du comte de Verpigny l'ébranlèrent & il le regarda avec cet air idiot particulier aux gens qui vont se commander une douzaine de photographies spirites.

Croix-Dieu avait trop de coup d'œil pour ne pas s'apercevoir de l'effet qu'il produisait sur Os-

A-MOELLE & trop d'adresse pour n'en pas profiter largement.

Il continua donc en donnant à sa voix des intonations solennelles :

— Oui, frère !... la grande famille était en péril... Les principes sacrés de la mâle indépendance dont l'amour du juste avait fait les éternels symboles vont bientôt par la revendication héroïque de la sainte lumière à laquelle la majestueuse concorde de la libre pensée unie à la grande confédération fraternelle des hommes stoïques, évoquer l'ombre protectrice des droits au martyre dont l'humanité brisant les entraves infâmes a fait le plus formidable assemblage des vertus civiques qui sont l'immense rayonnement des idées sublimes du mouvement de 89 !...

Croix-Dieu s'arrêta à bout d'haleine.

Seul, le manque de respiration peut arrêter ce genre de harangues, trop connues en politique, et qui ne connaissent d'autres limites que le développement des poumons de ceux qui les prononcent et la bêtise immense de ceux qui les écoutent.

L'effet habituel à ces sortes d...'arguments se produisit à merveille sur Os-A-MOELLE.

Epaté, la bouche béante, il écoutait couler ce flot de mots harmonieux.

Il n'en comprenait peut-être pas très-bien le sens ; mais la phrase finale : « *Les idées subli-*

mes du mouvement de 89!... » produisit sur lui une vive impression.

— Si j'allais démolir un vrai frère!... pensa-t-il.

Et il remit sa redingote.

Le comte de Verpigny respira.

Il ne lui restait plus qu'à consolider sa victoire.

Il reprit d'un ton grave :

— Maître!... convoque pour après-demain jeudi, chez le père Lathuile, le grand conseil des *Jaguars de la rue Maubuée...* Là, j'expliquerai ma conduite & me soumettrai aux arrêts du tribunal suprême.

Os-a-moelle répondit :

— C'est convenu!... mais si tu nous a trahis... je te repigerai!...

Les deux *jaguars* renouvelèrent le salut d'usage & Os-a-moelle sortit.

CHAPITRE XXVIII

Le Piége.

Resté seul, le comte de Verpigny poussa un long soupir de soulagement.

Et il eut un de ces mouvements d'orgueil qui sont familiers aux coquins & aux Bonapartes, quand ils voient les circonstances les aider comme à plaisir dans la préparation de leurs guet-apens et de leurs deux décembre.

En effet, la situation qui, un quart d'heure auparavant, semblait à Croix-Dieu presque désespérée, venait de se modifier du tout au tout par le retour d'Os-a-moelle.

Du moins, c'était ce que le comte de Verpigny, avec son audace habituelle, venait d'entrevoir tout à coup.

En moins de cinq minutes, tout un nouveau plan fut dressé par ce malfaiteur de génie.

Et il faut croire que la réussite lui en semblait certaine, car, après quelques instants de méditation, sa confiance se manifesta par ces quelques mots, prononcés à haute voix avec un sourire plein de contentement :

— C'est bien cela... dans vingt-quatre heures je serai à tout jamais délivré de Sarriol & des deux enfants... Enfin !... je touche donc au but.

Et il se mit devant une glace pour étudier la pose qu'il prendrait en ouvrant, comme régent, la première session du Corps législatif.

Après les quelques moments donnés au savourement anticipé de son prochain triomphe, le comte de Verpigny prit sa canne, son chapeau, ses gants & sortit en murmurant :

— Maintenant... agissons.

Dix minutes après, il était dans les bureaux du *Figaro* où il donnait à insérer l'avis suivant :

A MON AMI S...... *On ne te garde pas rancune de l'aventure de la fausse nourrice. C'était très-bien joué. — Il faut en finir avec ces deux enfants. J'accepte tes conditions du mois passé et t'attends aujourd'hui même chez moi pour conclure. Viens et apporte bébés. — Torts oubliés.* — C.... D...

Pour la complète intelligence de cette annonce, aussi anglaise qu'immorale, il est bon de rappeler que, dans l'une des dernières entrevues que Croix-Dieu & Sarriol avaient eues ensemble, ce dernier avait posé à son complice l'ultimatum suivant :

— Je te rendrai les deux enfants dont l'existence t'empêche d'encaisser ton mandat de 36,782,883 fr. 17 c.; mais tu m'abandonneras la régence & je deviendrai à ta place l'époux de l'ex-impératrice.

Ces conditions, le comte de Verpigny les avait repoussées avec indignation, comptant bien sur son adresse pour conquérir à la fois les millions et le pouvoir.

Mais, aujourd'hui, il sentait qu'il ne fallait plus se montrer aussi exigeant.

Et il avait décidé de traiter sans retard avec Sarriol aux dures conditions que celui-ci lui avait dictées.

Nos lecteurs, nous en sommes bien convaincu, ne seront pas un seul instant dupes de ce revirement dans les idées de notre héros.

Et en le voyant sur le point de conclure un marché qui serait la ruine d'une partie de ses espérances, ils ont déjà deviné que le comte de Verpigny avait à sa disposition quelque nouveau procédé plus biseauté que les plébiscites du second Empire.

En effet, comme nous allons le voir dans le chapitre suivant, Croix-Dieu, avant de faire parvenir à Sarriol, par la voie du journal des honnêtes gens, l'avis qu'on vient de lire, avait fourré dans sa manche quelques atouts de rechange.

CHAPITRE XXIX

Les deux enfants.

Le lendemain matin, à dix heures précises; Sarriol se présentait chez Croix-Dieu.

Du plus loin qu'il l'aperçut, celui-ci se précipita au devant de lui & lui serra la main.

— Mais, dit-il tout à coup, je ne vois pas les deux enfants!... Tu ne les as donc pas apportés?

— Si fait... répondit Sarriol; mais je les ai laissés en bas, en attendant la conclusion de notre petite affaire.

— Toujours de la défiance, mon cher Sarriol!... Tu ne changeras donc jamais?

— Pas avant que tu n'aies cessé d'être le même, mon bon...

— Allons, soit... reprit le comte de Verpigny, concluons... le temps presse...

Et, en quelques mots, il mit Sarriol au courant de la situation.

— Voilà où nous en sommes, mon cher ami, lui dit-il. J'ai épousé la semaine dernière l'*ex-impératrice,* sous le nom de comte de Verpigny. Je vais te remettre les titres qui te donnent droit à ce nom, et personne ne pourra plus te le contester.

— Mais... interrompit Sarriol, l'ex-impératrice verra bien que je ne suis pas toi...

— N'aie aucune crainte ; lors de la cérémonie il faisait presque nuit. De plus, tu sais que je suis membre de la société des *Jaguars de la rue Maubuée*. Demain jeudi, il y a grande réunion du comité secret, à dix heures & demie du soir. On y va masqué. Tiens... voilà mes insignes et le mot de passe : *Canicule & couches sociales*. Tu entreras, et quand on appellera le comte de Verpigny, tu répondras : *Présent !*

Sarriol écoutait de toutes ses oreilles.

— Quand le président du comité des *Jaguars de la rue Maubuée*, reprit Croix-Dieu, te demandera : « Comte de Verpigny, qu'avez-vous à dire relativement au voyage d'Os-a-moelle à Berlin ? » tu raconteras tous nos projets, toujours sans te démasquer, tu diras que tu as agi avec zèle pour le succès de la conspiration bonapartiste et que tu comptes toujours sur le concours des *Jaguars de la rue Maubuée* pour assurer le triomphe de cette sainte cause, triomphe qui est très-proche, ajouteras-tu avec véhémence.

Sarriol prenait toujours des notes, mais ne comprenait absolument rien à ce que lui débitait Croix-Dieu.

Celui-ci continua :

— Alors, tu verras les *Jaguars de la rue Maubuée* t'acclamer, te porter en triomphe et te jurer fidélité. Tu n'auras plus alors qu'à partir à Chislehurst; tu y trouveras l'ex-impératrice & le petit VÉLOCIPÈDE IV tous prêts à partir; ils sont à cheval depuis le 4 septembre dernier; tu les amèneras à Paris, que tu trouveras, à ton arrivée, semé de nombreux arcs de triomphe aux initiales N. E. S. *(Napoléon-Eugénie-Sarriol)*, et le tour sera fait. — Moi, pendant ce temps, j'aurai été encaisser mon mandat de 36 millions 782,883 fr. 17 c. & je me retirerai dans le le Berry, te laissant les honneurs & la régence, pour y manger honnêtement mes petites rentes, en attendant que du haut de ton trône, tu veuilles bien laisser tomber sur moi ton regard auguste & me favoriser d'une place d'aide de camp à la cour.

En prononçant ces dernières paroles d'un ton résigné, Croix-Dieu remettait à Sarriol tous ses parchemins, tous ses blasons, ses insignes de JAGUAR DE LA RUE MAUBUÉE, avec la manière de s'en servir, ses décorations étrangères, etc., etc.

Sarriol était dans la jubilation.

Comment pouvait-il douter de la bonne foi de Croix-Dieu, qui se dessaisissait avec un tel abandon en sa faveur de tous ses titres & sans demander la moindre garantie.

Il ouvrit la fenêtre, cria trois fois : Piou!... piou!... piou!...

Et deux minutes après, Mme de Saint-Angot,

qui attendait en bas le résultat de l'entrevue, montait avec les deux enfants sur les bras.

Sarriol prit les deux bébés, les remit à Croix-Dieu & sortit, emportant tous ses parchemins et toute sa ferblanterie décorative.

A peine la porte se fut-elle refermée sur le groupe infâme, que Croix-Dieu, bondissant comme un tigre, s'écria avec un accent de joie féroce :

— Enfin !...

Et il sauta sur les deux enfants, qu'il porta vers le poêle de sa salle à manger, où flambait un feu d'enfer.

D'un violent coup de pied, il ouvrit la porte du poêle.

Une lueur ardente s'en échappa.

Alors, balançant lentement les deux enfants dans la direction de la fournaise, il...

CHAPITRE XXX

Le Tribunal secret.

Nous avons laissé nos lecteurs ahuris et la bouche toute grande ouverte au moment où le comte de Verpigny, resté seul avec les deux enfants, qu'il s'était enfin fait remettre par Sarriol, se disposait à les lancer dans le brasier ardent du poële de sa salle à manger.

Depuis ce temps nos lecteurs sont dans une inquiétude mortelle qui se traduit par l'air le plus idiot qui ait été inventé depuis la création du roman feuilleton.

Ils sont trop amusants à regarder ainsi; laissons-les-y encore un peu.

On se souvient que le comte de Verpigny, qui devait passer en jugement le lendemain, pour crime de trahison, devant le tribunal suprême des Jaguars de la rue Maubuée, sur l'accusation d'Os-a-Moelle, avait, — avec une perfidie toute broglienne, — envoyé Sarriol comparaître devant ce tribunal, en lui dissimulant, bien entendu, la façon dont il devait y être reçu.

Le lendemain, à dix heures et demie, Sarriol se présenta, masqué, ainsi que Croix-Dieu le lui avait recommandé, chez le père Lathuile, où devait se réunir le comité des Jaguars de la rue

Maubuée, convoqué *ad hoc* par son chef Os-à-Moelle.

A la porte de la salle, deux F : r : : è .·. r ·.· e ·.· s !... *jaguars* lui demandèrent le mot de mot de passe en lui appuyant sur la poitrine la pointe d'un poignard à manche rouge.

— *Canicule et couches sociales!...* répondit Sarriol avec aplomb.

— Passe!... reprirent les deux voix alcoolisées.

Sarriol entra dans une salle basse et enfumée et alla s'asseoir sans prononcer une parole.

Le comité était au complet.

Os-à-Moelle demanda un litre et ouvrit la séance.

On commença par l'appel nominal. Sarriol avait été averti de cette formalité par Croix-Dieu ; il attendit que son nom fût prononcé.

Le secrétaire de la section des Jaguars appela successivement :

Boulard, dit Poil-en-Brosse ;
Grouindet, le Myosotis ;
Pateau, dit Gaviot-de-Bronze ;
Louchassieux, la Pomme d'amour ;
Etc..., etc...

Nous ne pouvons donner ici la liste complète des membres de ce comité, qui contenait plusieurs personnages trop connus et devenus depuis assez influents pour que cette révélation ne soit pas sans danger.

Enfin, on appela :

— Le comte de Verpigny !...

Sarriol, ainsi que le lui avait recommandé Croix-Dieu, se leva et répondit à haute voix :

— Présent !...

Et il se rassit.

Alors Os-A-Moelle prit la parole :

— F : r :: è .·. r .·. e .·. s !... dit-il. J'accuse ici le comte de Verpigny d'avoir trahi les *Jaguars de la rue Maubuée*, en m'envoyant, moi leur chef, à Berlin, où je n'étais pas demandé. Je le somme d'expliquer sa conduite.

Sarriol, qui avait sa leçon faite, ne bougea pas. Ce ne fut que lorsque le président, s'adressant à lui, lui demanda :

— Comte de Verpigny !... répondez !... qu'il débita d'une voix claire et sonore les paroles suivantes, apprises par cœur sur les notes que lui avaient fournies Croix-Dieu :

— F : r :: è .·. r .·. e .·. s !... ma conduite peut vous paraître coupable... j'en conviens...; mais un seul mot réduira au néant les accusations terribles que l'on porte contre moi : je n'ai cessé d'agir avec le plus grand zèle pour le succès de la conspiration bonapartiste que vous savez.

A ces mots, un grognement formidable partit de tous les coins de la salle.

On sait, en effet, que la Société secrète des *Jaguars de la rue Maubuée,* bien loin d'être favorable à la cause bonapartiste, était, au contraire, vouée corps et âme au triomphe des principes démagogiques. Cette association, composée exclusivement d'ex-communards qui avaient échappé aux dénonciations extra-morales des reporters du *Figaro,* du *Paris-Journal,* du *Gaulois* et de la *Liberté,* avait pour mot d'ordre : *Belleville-capitale* et pour programme la transformation du Grand-Livre en cornets à poivre, avec partage entre tous les citoyens, et par parts égales, des terres, valeurs mobilières, belles-mères, grains de petite vérole, etc..., etc...

La déclaration effrontément bonapartiste de Sarriol, fut donc pour les *Jaguars de la rue Maubuée,* un véritable coup de théâtre.

Sarriol, lui, ne s'inquiéta pas outre mesure de cette explosion de murmures. Croix-Dieu, en lui remettant ses insignes de *Jaguar,* l'avait prévenu que les habitudes de cette association étaient parfois étranges et lui avait recommandé de ne s'étonner de rien.

Sans se déconcerter, aussitôt que le silence fut rétabli, il continua donc son récit en ces termes :

— Oui, F : r .·. è :: r .·. e .·. s!... Je ne

crains pas de le dire. Grâce à moi, les affaires de Chislehurst sont en très-bon chemin; et je puis dire aussi : grâce à vous!... car c'est surtout sur le concours des *Jaguars de la rue Maubuée* que nous comptons, l'Impératrice et moi, pour rétablir sur le trône de son père le petit VÉLOCIPANTISCORBUTIQUE IV!...

Il faudrait n'avoir jamais assisté à une des réunions de créanciers auxquels un débiteur propose quatre pour cent pour solde payables en quatre-vingts annuités, pour ne pas se rendre compte de l'effroyable tumulte qui accueillit Sarriol.

Les exclamations les plus menaçantes s'entre-croisaient.

— Trahison!... A mort le renégat!... Le supplice de la poix fondue!... Au feu, le traître!... Par la fenêtre, le roussin!...

Il y eut même une voix terrible de colère qui cria :

— Au Vaudeville, l'apostat!...

Ce dernier cri fit passer un frisson dans les veines de Sarriol.

Il se remit vite. Croix-Dieu lui avait bien recommandé de ne point se troubler, quoi qu'il arrivât à la séance, et de continuer imperturbablement ses révélations, qui devaient plonger dans la plus grande joie les *Jaguars de la rue Maubuée.*

Sarriol faisait donc excellente contenance devant ce tumulte et se disait tout bas :

C'est sans doute une des épreuves mystérieuses que l'association fait subir de temps en temps à ses membres pour s'assurer de leur fidélité. Ne bougeons pas.

Et, continuant à se croire de mieux en mieux dans le mouvement jaguarien et dans le courant d'opinion de ses frères et amis, il continua avec une assurance superbe :

— F : r : : è .·. r ·.· e :. s!... Il est temps de lever tous les voiles qui peuvent obscurcir ma conduite à vos yeux... Vous voulez savoir, et vous en avez le droit, tout ce que j'ai fait pendant la dernière quinzaine pour le succès de notre sainte cause ?

— VOIX ENROUÉES, *mais convaincues.* — Oui... oui... parle !...

— Eh bien ! F : r .·. è :: r ·.· e :. s!... écoutez-moi... et vous allez voir comment un vrai Jaguar doit agir pour la cause sacrée.

(Profond silence.)

— Ainsi que vous m'en aviez confié la glorieuse mission, F : r .·. è : : r ·.· e :. s!... je me suis rendu la semaine dernière à Chislehurst, auprès de notre auguste souveraine.

A ces mots, l'explosion de colère éclata de nouveau... Les Jaguars se rapprochaient de l'orateur en l'interpellant avec fureur.

Sarriol, souriant sous son masque, se disait toujours :

— C'est encore une épreuve!... Croix-Dieu m'a dit qu'il y en avait sept comme ça... Du calme!

Et il continua d'une voix de plus en plus assurée :

— J'ai exposé à l'ex-impératrice vos vœux, vos projets, vos espérances...

— A mort l'espion! hurlaient les *Jaguars,* révoltés de tant de cynisme.

Sarriol était toujours impassible. Convaincu qu'il subissait les épreuves imposées à tous les *Jaguars,* il n'avait aucune inquiétude, et ce fut d'une voix tonnante qu'il continua :

— Se rendant à vos désirs, l'impératrice a consenti à m'accorder sa main, pour cimenter son alliance avec la Société des *Jaguars de la rue Maubuée...*

A cette nouvelle révélation, les hurlements redoublèrent.

Un cercle de plus en plus menaçant se resserra autour de Sarriol, qui, calme et souriant sous son masque, était toujours persuadé qu'il touchait à la fin des sept épreuves réglementaires.

Quelques litres se levèrent même sur sa tête. Il ne broncha pas, et termina ainsi son discours :

— Donc, F : r .·. è : : r ·.· e .·. s!... Grâce à moi, nous touchons au but sacré de l'association des *Jaguars de la rue Maubuée*, qui est la restauration de l'empire. *(Vociférations.)* L'impératrice, dont je suis devenu le second époux *(hurlements)*, a bien voulu me confier la régence *(trépignements)*, et elle compte sur vous pour le grand soulèvement populaire qui doit rendre à la France son ancienne splendeur. *(Cris de colère.)* Voilà ce que j'avais à dire pour ma justification!...

Une explosion de rage accueillit ces dernières paroles.

En moins d'une seconde, soixante revolvers à douze coups et quatre-vingts poignards couvrirent la poitrine de Sarriol qui, de plus en plus persuadé qu'il subissait la dernière des sept épreuves, se rassit, aussi calme que s'il venait d'étouffer sa belle-mère entre deux matelas.

Sur un signe du président, tout rentra dans le silence.

Os-a-Moelle se leva.

— F . r .·. è : : r ·.· e .·. s!..., dit-il d'une voix forte, vous venez d'entendre les aveux du traître!... Violant nos principes les plus sacrés, il a tenté d'entraîner les *Jaguars de la rue Maubuée* dans une conspiration bonapartiste. Il a déshonoré l'association par un mariage révoltant. Je requiers contre lui la peine de mort.

Deux cents voix répétèrent avec colère :

— La mort!...

Sarriol souriait toujours... Cependant, il commençait à trouver que les *Jaguars* la faisaient un peu longue.

On procéda au vote.

Les votes solennels des *Jaguars* avaient lieu de la manière suivante :

On remplissait d'eau-de-vie tous les verres et le président faisait l'appel nominal.

A l'appel de leurs noms, les *Jaguars* qui voulaient voter *oui* vidaient leurs verres d'un seul trait.

Ceux qui voulaient voter *non* en jetaient le contenu par dessus l'épaule droite.

Le président posa la question en ces termes :

« Le F : r .·. è : : r ·.· e... comte de Verpigny a-t-il mérité la mort? »

Et il commença l'appel.

Tous les verres furent vidés à l'unanimité.

Le président allait proclamer le résultat et prononcer la sentence, quand une voix aigre s'éleva.

L'on entendit ces paroles :

— L'épreuve est douteuse!...

Un mouvement de protestation s'éleva.

En effet, comme nous l'avons vu tout à l'heure, la condamnation avait été prononcée à l'unanimité, et rien ne semblait justifier une semblable prétention.

Mais la voix insista.

C'était celle du terrible F:r.·.è.·.r.·.e Pateau, dit Gaviot-de-bronze.

Gaviot-de-bronze fut sommé par le Président d'avoir à motiver sa réclamation.

Il se leva.

— Pourquoi, lui dit Os-a-moelle, trouves-tu l'épreuve douteuse après que tous les F : r .·. è : : r ·.· e :. s se sont prononcés dans le même sens ?

— Non-seulement l'épreuve est douteuse, répondit Gaviot-de-bronze, mais le règlement à la main, je prouve que le vote est nul.

Une exclamation générale accueillit l'audacieux.

— Explique-toi, reprit Os-a-Moelle, pourquoi le vote est-il nul ?

— C'est bien simple, riposta Gaviot-de-bronze, on a voté dans des verres trop petits.

Une rumeur plus favorable se produisit dans cette assistance trop républicaine pour n'être pas excessivement *soiffeuse.*

Cette disposition sympathique de l'assemblée n'échappa pas à Gaviot-de-bronze qui, dépliant le règlement d'une main et élevant de l'autre au-dessus de sa tête le verre dans lequel il venait de voter, lut d'un ton solennel :

ART. XVII. — Si un *Jaguar* est mis en accusation pour crime de haute trahison, l'eau-de-vie du vote sera versée dans des chopes au lieu de l'être dans des demi-setiers, comme cela a lieu pour les votes ordinaires.

Et, brandissant son verre, GAVIOT-DE-BRONZE s'écria avec indignation :

— Est-ce que ça tient une chopine, ça?... Jamai de la vie!... Ce n'est même pas un demi-setier!... C'est un *cintième!...* Peut-on condamner à mort un citoyen avec un simple *cintième?...* Non, non!...

Tous les *Jaguars* en chœur : Non! non!

— Eh bien! F :·r .·. è :: r ·.· e :. s!... reprit GAVIOT-DE-BRONZE, au nom des principes, qui ne doivent jamais être violés..., je demande que le vote soit recommencé, et cette fois pas dans de vils *cintièmes!* (il jette son verre loin de lui avec mépris), mais dans de vraies chopes, de vraies chopes radicales qui tiennent leur chopine.

Un enthousiasme indescriptible accueillit cette chaleureuse péroraison du *Jaguar-Jacobin.*

— Il a raison!... Il a raison!... hurlèrent deux cent cinquante voix.

Le président, courbé sous ce règlement de fer, dut se rendre.

Il donna des ordres au garçon pour que les

verres fussent changés et que l'on remplît bord à bord les nouveaux.

Quand cela fut fait, il prononça d'un ton grave : — Au vote!...

Deux cent cinquante échos répétèrent : — Aux chopes!...

Pendant ce temps, Sarriol riait toujours comme un fou sous son masque. Il croyait de plus en plus à la comédie des épreuves mystérieuses et répétait tout bas :

— Sont-ils idiots, ces êtres-là!...

Le résultat du second vote fut identique à celui du premier.

Un seul incident se produisit :

Sarriol, qui avait soif, demanda à voter.

Le fait était assez étrange; mais le comité, après s'être consulté, décida qu'aucun article du règlement n'ayant prévu le cas, il n'y avait pas lieu de priver l'accusé de prononcer lui-même sur son sort.

On présenta donc à Sarriol une chope remplie de cognac à vingt-cinq sous le litre, et le président lui posa la question de rigueur :

— Le comte de Verpigny a-t-il mérité la mort?

Sarriol vida son verre d'un seul trait, au grand ébahissement de l'assemblée.

Un murmure d'admiration suivit cet acte stoïque.

— C'est un mâle... répétait-on de toutes parts.

Cependant, l'exemple de GAVIOT-DE-BRONZE et son succès avaient encouragé les *Jaguars*.

Une nouvelle voix s'éleva, qui dit :

— Le vote est encore nul.

C'était celle de Boulard, dit POIL-EN-BROSSE.

— Tes motifs?... reprit le président.

— Au moment où j'allais voter, le F : r.·. è :: r ·.· e Louchassieux dit Pomme-d'Amour m'a poussé le coude sans le vouloir et m'a renversé une partie de mon bulletin par terre... Le bulletin n'étant pas plein, le vote est nul. J'connais qu'ça...

— Il a raison! il a raison! vociférèrent les *Jaguars*... Aux chopes!... aux chopes!...

On reversa et on revota huit fois.

A chaque nouvelle épreuve, la nullité était invoquée pour une raison ou pour une autre.

C'était GROUINDET-LE-MYOSOTIS qui se plaignait que le verre de son bulletin était trop épais et qu'il ne tenait pas le compte.

Ou bien TAMPONNARD-BEC-SALÉ qui réclamait parce qu'il n'avait pas eu de bain de pied.

Cependant on dut en finir; au huitième tour de scrutin, le président prononça le verdict fatal :

— Le comte de Verpigny a mérité la mort.

Sarriol continuait à se tordre sur sa chaise, pensant bien que cette fois les épreuves allaient être terminées et que l'on allait le porter en triomphe, comme le lui avait annoncé Croix-Dieu.

Hélas!... le misérable se trompait cruellement.

Le bureau s'était formé en comité secret dans un coin de la salle et délibérait sur le genre de supplice qui serait réservé au condamné.

Au bout de cinq minutes, le bureau reprit sa place, le président se leva, et il se fit un profond silence.

— Comte de Verpigny, dit-il, avance!

Sarriol avança.

Le président reprit d'un ton grave :

— Tu as indignement trahi tes F : r : : è .·. r ·.· e :. s! tu vas mourir.

Sarriol se retenait pour ne pas éclater de rire et murmurait :

— Oui, vieux birbe! va toujours, je la connais, celle-là!

— Comte de Verpigny! reprit le président, le conseil suprême, reconnaissant qu'en votant toi-même pour ta mort, tu as fait preuve d'un courage qui ne peut être que l'indice d'un profond remords, t'accorde la faculté de choisir ton genre de trépas.

— Allons, bon! pensait Sarriol, voilà le coup du poignard à coulisse des francs-maçons. Tenons notre sérieux.

Effectivement, sur un signe du président, un *Jaguar* vint présenter à Sarriol sur une assiette :

Un verre de vin empoisonné;

Un nœud coulant, dont le bout était fixé au plafond,

Et un long couteau.

— Choisis !... dit le président d'une voix mâle.

Sarriol, qui avait lu les détails de ce genre de comédie dans des livres sur les sociétés secrètes, eut toutes les peines du monde à réprimer un violent éclat de rire.

Il ne faisait aucun doute pour lui que le verre de vin n'était pas plus empoisonné par l'acide prussique qu'une conscience d'ex-ministre de l'Empire par le remords.

Il savait — ou, du moins, croyait parfaitement savoir — que le clou à crochet de la corde ne tenait pas du tout dans la poutre du plafond :

Et qu'enfin la lame du long couteau devait rentrer tout entière dans le manche.

Aussi, Sarriol n'eut-il aucune hésitation.

Au contraire, voulant étonner les *Jaguars* par son courage, il résolut d'exécuter une bravade qui devait soulever des transports d'enthousiasme.

Au milieu d'un silence profond, il prononça les paroles suivantes :

— F∴ r∴ è ∷ r∴ e∴ s!... je meurs pour la sainte cause!... Je recommande mon épouse, l'ex & future impératrice, à l'œuvre des fourneaux économiques!...

Et avançant lentement la main droite vers le plateau, il saisit le nœud coulant qu'il se passa au cou, puis vida d'un trait le verre de vin, et après se porta un énorme coup du grand couteau dans la direction du cœur.

Un frisson lugubre traversa l'assemblée, émerveillée de tant de courage.

. . . .

Mais immédiatement un cri perçant retentit et fit vibrer sur les tables le cristal en verre fondu des deux cent cinquante chopes vides.

Sarriol venait d'éprouver simultanément une triple sensation à laquelle il était loin de s'attendre.

La lame effilée du grand couteau avait pénétré de dix-huit centimètres. Et il se sentait frappé mortellement en même temps qu'il voyait la corde à laquelle il était suspendu se tendre inexorablement et l'étrangler, pendant que le verre de vin empoisonné commençait à lui procurer des spasmes sérieux et qui ne laissaient aucun doute sur ses intentions.

Sarriol comprit qu'il était perdu, et comme cela arrive à tous les misérables en pareil cas, le premier cri qui lui vint aux lèvres fut un blasphème :

— N... de D... s'écria-t-il, tas de mufles!... ce n'est pas une épreuve, ça !...

D'un geste violent, il arracha son masque et vociféra d'une voix entrecoupée par les hoquets de l'agonie :

— Je ne suis pas le comte de Verpigny... je suis Sarriol!... c'est une infamie!... le mari d'Eugénie ce n'est pas moi !... le régent ce n'est pas moi !... c'est cette canaille de Croix-Dieu!... au secours !... j'étouffe!... au secours, au sec...

Étonnés de cette étrange révélation, les *Jaguars* se précipitèrent vers Sarriol pour lui porter secours. On coupa la corde, on comprima sa blessure, on lui fit avaler de l'émétique; mais il était trop tard. Tout était fini.

Et Sarriol rendait le dernier soupir, en murmurant :

— Vengez-moi... Croix-Dieu... rue du Jour... 24... allez vite... les deux enfants... adieu... je meurs... Prévenez Jobin... Vive Cassagnac!...

On recueillit à la hâte ces paroles incohérentes, auxquelles on tâcha de découvrir un sens, pensant qu'elles cachaient un secret terrible.

C'en était fait!... Croix-Dieu était à jamais délivré de son ancien complice, devenu son plus dangereux ennemi.

En possession des deux enfants, comme nous

l'avons vu dans le précédent chapitre, il était désormais maître de la situation.

Rien ne s'opposait plus à ce qu'il encaissât enfin les fameux 36 millions 782,883 francs 17 centimes déposés à la Banque.

Il tenait enfin la fortune des Gavard & des d'Auberive.

Il touchait donc à la régence!

Au trône!... peut-être!...

CHAPITRE XXXI

Le châtiment.

Nos lecteurs sont restés une jambe en l'air sur cette scène empoignante — que nous avons exprès coupée en deux pour augmenter leurs inquiétudes — cette scène vertigineuse où ils ont vu Croix-Dieu, resté seul chez lui avec les deux enfants, se préparant à les précipiter impitoyablement dans le brasier du poêle de sa salle à manger.

Ce monstre — nous l'avons vu — balançait déjà les deux pauvres petites créatures qu'il tenait suspendues par un pied.

Encore une seconde et c'en était fait du fils de Dinah Gavard & de la fille de San-Remo.

Croix-Dieu, le sourire aux lèvres, venait d'imprimer à leurs deux corps une dernière oscillation plus violente que toutes les autres et allait exécuter le suprême : *lâchez tout!* duquel dépendaient son avenir, sa fortune, sa puissance.

Quand tout à coup!... la porte de la pièce où se trouvait le comte de Verpigny fut ébranlée par une violente secousse.

Le comte s'arrêta net et écouta.

Un choc plus fort que le premier retentit à la porte.

— Qui va là?... cria Croix-Dieu d'une voix étranglée.

— Ouvrez, au nom de la loi! répondit une voix.

Croix-Dieu tressaillit. Il avait reconnu cet organe.

— Si j'hésite, pensa le misérable, je suis perdu.

Et sans répondre, il recommença à balancer les deux enfants dans la direction du foyer crépitant.

— Ouvrez!... répéta la voix... ou nous enfonçons la porte.

Croix-Dieu, effrayé de cette menace, jeta les deux enfants sur un canapé et se rua sur les meubles qu'il poussa vers la porte pour la barricader.

Il était temps, cette porte commençait à craquer.

Alors, il ramassa de nouveau les deux enfants et se dirigea vers le poêle toujours béant.

Au moment où il allait les y précipiter, un craquement effroyable se fit entendre, suivi immédiatement de deux coups de feu.

C'était Jobin qui venait enfin de faire voler la porte en éclats, et d'un double coup de revolver, tiré à travers les barreaux de chaises qui obstruaient le passage, avait abattu net les deux poignets postiches de Croix-Dieu.

Les deux mains mécaniques du misérable étaient tombées sur le tapis, et avec elles les deux enfants qui y étaient suspendus.

Ils étaient encore une fois sauvés!

— Loc-Earn, — Frédéric Muller, — Croix-Dieu, — comte de Verpigny!... rends-toi!... cria Jobin qui avait sauté par-dessus le buffet.

— Jamais! hurla Croix-Dieu.

Et il se précipita tête baissée sur le brave agent qu'il renversa par le choc.

Et tombant, Jobin avait saisi Croix-Dieu par le pan de sa redingote et le fit choir avec lui.

Alors commença entre ces deux hommes, dont l'un traquait l'autre depuis plus de quinze ans, une lutte effroyable.

Jobin était animé d'une rage froide de policier dépisté. Il se cramponnait à son ennemi avec une vigueur surhumaine.

Croix-Dieu, de son côté, sachant qu'il jouait là une partie décisive, sentait ses forces décuplées par le désespoir et accablait Jobin des renfoncements & des ruades les plus terribles.

Ces deux hommes se roulaient enchevêtrés sur le parquet avec des rugissements effrayants.

Au bout de cinq secondes leurs huit membres étaient tellement amalgamés qu'eux-mêmes ne pouvaient plus les distinguer.

Croix-Dieu labourait de ses dents sa propre jambe croyant mordre celle de Jobin.

Et Jobin se prenait à la gorge croyant serrer le cou de Croix-Dieu.

Onze fois l'assassin parvint à se dégager des mains de son redoutable adversaire.

Onze fois le policier tenace se rejeta sur lui et parvint à le ressaisir.

Tout en luttant avec acharnement, Croix-Dieu, qui conservait toujours son sang-froid dans les circonstances difficiles, imagina des trucs perfides pour détourner l'attention de Jobin.

Un instant, il essaya de le corrompre :

— Lâche-moi... lui dit-il, et je te marierai à une dame de la cour quand j'aurai rétabli l'Empire!... tu seras chef de la police... et tu auras un casse-tête en or massif.

Jobin était intègre. Il ne répondait rien et redoublait d'efforts pour garotter le comte de Verpigny.

Alors celui-ci, tout en se débattant, essaya d'autre chose.

— Ecoute... dit-il, je crois qu'on sonne.

Jobin se contenta de sourire et étreignit Croix-Dieu de plus belle.

Le monstre allait succomber; déjà Jobin, qui était parvenu à lui mettre un genou sur la poitrine, se préparait à lui lier les bras.

Croix-Dieu vit que tout était fini.

Il eut une inspiration.

Jetant les yeux dans la direction de la porte, qui était restée ouverte, il s'écria :

— Tiens!... un républicain qui se sauve dans l'escalier...

Instinctivement, Jobin tourna la tête.

Jobin, nous l'avons dit, était un agent de police honnête; mais il avait été policier sous l'Empire, et, bien qu'il fût maintenant aux gages de la République, il n'avait jamais pu prendre au sérieux cette forme de gouvernement.

Comme chez tous ses confrères du roussinat occulte, la primitive éducation impériale avait laissé chez lui des empreintes presque ineffaçables.

Il avait beau être au service de la République, payé par la République, le véritable ennemi pour lui était toujours le républicain.

Le policier & le chien de chasse ont cela de commun, qu'ils peuvent changer de maître, mais que le gibier est toujours le même pour eux.

Rien ne peut avoir raison chez eux de l'instinct d'abord & des habitudes contractées par un premier dressement:

Croix-Dieu, qui avait un grand fonds d'observation, savait cela.

Et en cette circonstance, ses prévisions ne furent pas trompées.

A peine eut-il prononcé ces mots : *Tiens!...*

un républicain qui se sauve, que Jobin, dressant l'oreille, eut comme une velléité de courir après le galeux fondamental que l'on désignait à son attention.

Ce mouvement fut court; mais il suffit à Croix-Dieu qui en profita pour échapper une douzième fois aux étreintes de l'agent.

Celui-ci, furieux, d'abord d'avoir été jobardé et ensuite d'avoir presque donné raison par son attitude aux gens qui prétendent que l'on ne fera jamais protéger les rats par les chiens qui ont été formés à les étrangler, se rua de nouveau sur Croix-Dieu qui allait lui échapper. Et la lutte recommença plus acharnée & plus terrible.

En se colletant, en s'entrelaçant, les deux combattants faisaient rouler avec eux tous les meubles.

Les chaises, les fauteuils, la table, les étagères, le buffet, la vaisselle, le sèche-cigares, les théières, les filtres à café, les restes du déjeuner, le baromètre, les rideaux, les housses, les cachepots, formaient un pêle-mêle indescriptibles.

Rien ne pouvait faire prévoir la fin d'une lutte aussi formidable, quand tout à coup Croix-Dieu, dans un effort suprême, parvint à saisir avec ses moignons la poivrière qui était tombée sur le parquet et à jeter ce qui restait de poivre dedans à la figure de Jobin.

Jobin, aveuglé un instant, lâcha prise et Croix-Dieu se trouva libre.

Il se redressa et se prépara à fuir.

Mais voulant assurer son triomphe, il voulut ramasser les deux enfants et prendre dans un tiroir le bon sur la Banque de 36,382,883 francs 17 centimes.

Ce retard le perdit.

Jobin, ayant repris ses sens, s'était redressé, et au moment où Croix-Dieu allait se précipiter vers la porte, l'agent braqua sur lui le canon d'un revolver en s'écriant :

— Je voulais t'avoir vivant, misérable!... mais puisque tu l'as voulu... meurs!

Et il lâcha la détente.

Jobin avait visé avec trop de précipitation, le coup ne porta pas.

Mais Croix-Dieu comprit qu'une nouvelle balle pourrait l'atteindre.

Et au moment où Jobin lâchait son second coup, le comte de Verpigny se jeta vivement dans un grand placard qui était près du poêle et en tira la porte sur lui.

Jobin se rua sur cette porte, en ferma la serrure à double tour, et sortit précipitamment en s'écriant :

— Cette fois, je le tiens!...

Quelques instants après, il revenait accompagné de deux gardiens de la paix & d'un inconnu porteur d'une grande boîte carrée.

Il fit cacher ces trois hommes dans une pièce obscure en leur disant :

— Au premier signal, entrez.

Et il se dirigea seul vers le placard où s'était enfermé Croix-Dieu & d'où sortaient des jurons entrecoupés.

Il prit tranquillement la clé & ouvrit la porte du placard.

Alors un spectacle inouï — même dans les aventures de *Rocambole* — se déroula devant ses yeux.

A peine la porte du placard fut-elle ouverte que Croix-Dieu en jaillit & sauta dans la salle à manger en poussant des hurlements effroyables.

Il bondissait en l'air, agitant dans le vide ses deux bras privés de mains, se roulait par terre, se redressait, hurlait, s'agitait dans des convulsions atroces.

Jobin, étonné, se demandait ce que cela signifiait.

Pendant que Croix-Dieu se tordait dans des souffrances horribles, criant comme un damné, suffoquant & livide, l'agent regarda dans le placard, pensant y découvrir la cause de cette scène inexplicable.

Le placard était absolument vide.

En regardant de plus près, il aperçut cependant à hauteur d'homme une rangée de portemanteaux cloués au mur dans le fond du placard.

A chacun des champignons pendait une paire de mains postiches ayant chacune un numéro spécial.

Ces mains, toutes du même calibre pourtant, avaient des aspects différents.

Les unes paraissaient disposées spécialement pour jouer du piano, les autres pour rouler des cigarettes; il y en avait de plates, de recourbées, de fermes, de molles, de raides...

Jobin en compta 27 paires, toutes bien alignées & numérotées. Il n'eut aucune peine à reconnaître la collection de mains postiches de Croix-Dieu, dont il avait lui-même saisi quelques spécimens dans ses différentes luttes avec le célèbre malfaiteur.

Mais tout cela ne lui donnait pas l'explication des épouvantables convulsions du comte de Verpigny, qui continuait à se rouler par terre et à se relever brusquement en poussant des hurlements de plus en plus étouffés.

Cependant, en s'approchant de la collection de mains postiches suspendues dans le placard, Jobin constata qu'il en manquait une paire au milieu de la rangée.

C'était la paire n° 16.

Au-dessus de cette place vacante, il vit une petite pancarte clouée au mur, comme il en existait une, d'ailleurs, au-dessus de toutes les autres paires.

Çette pancarte portait ceci :

N° 16

MAINS COMPRIMANTES

POUR CAS GRAVES

(DOUBLE RESSORT RENFORCÉ)

Jobin poussa un cri de surprise. Il crut avoir compris.

Son regard, d'abord fixé sur cette place vide, se porta aussitôt vers Croix-Dieu, qui se roulait toujours dans la salle à manger, agitant en vain ses moignons comme pour se débarrasser de quelque chose.

Jobin avait deviné.

Il vit alors que le comte de Verpigny avait, accrochées au cou, les deux mains n° 16, qui le serraient de plus en plus & l'étranglaient inexorablement sans qu'il pût s'en débarrasser.

Voici ce qui était arrivé :

Croix-Dieu, en se précipitant dans le placard pour échapper au coup de revolver de Jobin, était tombé juste au milieu de la paire de mains comprimantes qui lui servait dans les grandes occasions.

La secousse avait fait jouer le ressort très-puissant de ses mains postiches qui l'avaient saisi au cou & s'étaient refermées mécaniquement avec une force irrésistible.

D'un coup d'œil Jobin comprit cette terrible situation.

Il eut un sourire & murmura :

— Les dix doigts de Dieu !...

Cependant, les mains n° 16 se comprimaient de plus en plus & pénétraient dans la gorge du misérable qui ne poussait plus que des cris rauques & pleins de rage.

Sa langue commençait à pendre ; mais il luttait toujours, essayant vainement de saisir ces mains fatales avec ses moignons.

L'agonie commençait terrible.

Jobin s'installa commodément dans un bon fauteuil pour contempler cette scène émouvante.

Puis il frappa trois coups dans ses mains.

L'inconnu à la grande boîte carrée qu'il avait laissé dans la pièce voisine entra.

Sur un signe de Jobin, il retira sa boîte de son enveloppe, la monta sur un trépied mobile dans un coin de la salle à manger & se mit à regarder au travers en l'ajustant dans la direction de Croix-

Dieu dont la face devenait violacée & les soubresauts de plus en plus violents.

Cet inconnu était Carjat.

Cette boîte, c'était un objectif à photographies spirites, qu'il venait d'inventer.

La terreur de Croix-Dieu, à la vue de ces préparatifs, augmenta follement. Le sang lui obscurcissait les yeux, il prenait cet objectif pour un obusier & faisait des bonds désespérés pour échapper à cette gueule béante qui s'ouvrait devant lui.

Carjat, sans perdre une minute, leva les yeux au ciel, fit une évocation mystérieuse, mit l'objectif au point, et comme Croix-Dieu ne restait pas une seconde en place, il commença à opérer par le procédé instantané.

Aussitôt que le premier cliché fut tiré, il alla le coller au carreau de la fenêtre comme une lithophanie.

Croix-Dieu, l'œil hébêté, se mit à considérer cette image que le soleil, perçant au travers la vitre, rendait excessivement distincte.

Tout à coup il poussa un cri d'horreur & tomba à la renverse. Il venait d'apercevoir sur la plaque son portrait au premier plan et, derrière ce portrait, le spectre menaçant du banquier Worms, sa première victime.

Croix-Dieu se releva livide, l'écume aux lèvres, et voulut se précipiter sur cette image pour la briser; mais ses mains n° 16, qui serraient toujours, le mettaient dans l'impossibilité d'agir.

Il retomba anéanti.

Carjat, calme & souriant, profita de son immobilité, fit une nouvelle évocation & tira un second cliché qu'il alla poser à la fenêtre, comme le premier.

Croix-Dieu, l'œil injecté, la langue tombant sur son nœud de cravate, regarda de nouveau cette photographie.

Horreur!...

Son portrait!... toujours son portrait!... Mais, cette fois, accompagné du spectre de Fanny Lambert, qu'il avait égorgée pour lui voler ses diamants.

Croix-Dieu, étranglant, suffoquant sous l'étreinte des mains n° 16 & de ce cauchemar implacable, se relevait en râlant, cherchant à fuir, se heurtant aux meubles, tombant moulu, rebondissant, retombant...

Efforts superflus.

Les deux mains mécaniques se contractaient lentement, mais sans merci.

Et Carjat, évoquant toujours, opérait toujours, allant impitoyablement coller chaque cliché aux carreaux de la croisée.

Quand toutes les vitres furent garnies, ce fut un spectacle affreux.

En vain, Croix-Dieu, mourant, essayait de

fuir une de ces images, ses yeux retombaient sur une autre.

Ici, c'était l'ombre du prince Aldéonoff, qui fixait sur lui ses yeux terribles.

Là, c'était Octave Gavard & sa femme, qui le maudissaient du fond du lac d'Enghien, où il les avait noyés.

Plus loin, San-Remo & Germaine, empoisonnés, qui le regardaient menaçants.

Plus loin encore, ses deux femmes assassinées pendant la fameuse double nuit de noces, qui lui faisaient signe de venir les retrouver dans la tombe.

Ce musée des remords avait quelque chose de fantastique.

Les deux dernières évocations de Carjat avaient été celles du garçon de recettes, précipité dans le *gouffre diviseur* de la Banque de France, et de Sarriol, égorgé par les *Jaguars de la rue Maubuée*.

Croix-Dieu, terrassé par l'apparition de son ancien complice, eut un suprême hoquet.

Les mains n° 16 s'étaient rejointes autour de son cou. Le visage du misérable bleuit & il tomba comme une masse sur le parquet, en expectorant ce dernier blasphème :

— Je laisse à Bazaine le soin de me venger !

Ce fut tout !...

Ainsi finit ce misérable dont l'existence entière n'avait été qu'une suite de crimes & qui pouvait, si la chance ne l'eût abandonné au dernier moment, régner sur la France.

ÉPILOGUE

Vingt ans après les événements que nous venons de raconter, par une belle matinée du mois de mai 1894 (il y avait au moins... huit jours que l'on n'arrêtait plus de gens compromis sous la Commune de 1871), un brillant mariage était célébré à la mairie du premier arrondissement.

Le marié était un jeune & brillant capitaine d'état-major décoré, de vingt et un ans à peine, qui avait vaillamment gagné ses épaulettes & son grade sur le champ de bataille de... (tais-toi mon cœur!...) dans la glorieuse campagne qui avait rendu à la France l'... (re-tais-toi mon cœur!) Il répondait au nom de Georges de San-Remo.

La mariée était une ravissante blonde qui s'appelait Hélène Gavard.

Nos lecteurs ont sans peine reconnu les deux enfants si miraculeusement sauvés des mains à 64 francs du redoutable Croix-Dieu.

Les deux époux avaient eu en dot le fameux bon sur la Banque de 36,783,884 fr. 17 c. dont l'encaissement, resté en souffrance depuis 1875, avait porté le montant à 74,813,427 fr. 15 c., intérêts capitalisés.

Quant aux autres personnages qui avaient joué des rôles dans ce roman émouvant, ils avaient tous fait un chemin digne de leur conduite.

La veuve de Saint-Angot avait été condamnée à quinze ans de prison comme entrepreneuse de mariages à la petite semaine.

OS-A-MOELLE, dégoûté des conspirations depuis qu'il s'était aperçu qu'elles ne profitaient qu'à ceux qui les font faire à façon, s'était tranquillement établi marchand d'habits.

Grisolles, après avoir perdu vingt-neuf mois d'appointements dans un journal bonapartiste qui l'avait embauché pour tuer des républicains en duel, avait sollicité & obtenu une place de garçon de bureau au *Figaro*.

L'ex-Impératrice, après avoir engagé ses dernières boucles d'oreilles pour soutenir les comités de l'appel au peuple, avait tenté en vain, pour remettre ses affaires à flot, d'épouser en troisièmes noces M. Philippart, enrichi par d'heureuses spéculations.

LE PETIT VÉLOCIPÈDE IV avait définitivement compromis ses chances de restauration en faisant exposer son portrait à tous les salons ; il était devenu gâteux, chauve et passait son temps à jouer l'air de la reine Hortense sur l'accordéon.

Et Jobin avait été nommé chef de la sûreté du président de la République Gambetta, ce qui lui permettait de jouer aux dominos toute la journée, le chef de l'exécutif circulant au milieu des 36 millions de Français, désinfectés de l'Empire par la République, aussi tranquillement & avec autant de sécurité que le premier citoyen venu.

FIN

TABLE DES MATIÈRES.

—

Meaux. — Imprimerie A. COCHET.

Paris-Imp. PAUL DUPONT, 41, rue Jean-Jacques-Rousseau. — 2651.8.75.

www.ingramcontent.com/pod-product-compliance
Lightning Source LLC
LaVergne TN
LVHW010602110826
845149LV00003B/745

* 9 7 8 2 0 1 9 1 8 8 4 1 2 *